FRANCESCA LIACOPOULOS

Nur ein Kuss ...

und die Hormone
spielen verrückt

novum pro

Dieses Buch ist auch als
e-book
erhältlich.

w w w . n o v u m v e r l a g . c o m

Bibliografische Information
der Deutschen Nationalbibliothek:

Die Deutsche Nationalbibliothek
verzeichnet diese Publikation in
der Deutschen Nationalbibliografie.
Detaillierte bibliografische Daten
sind im Internet über
http://www.d-nb.de abrufbar.

Gedruckt in der Europäischen Union
auf umweltfreundlichem, chlor- und
säurefrei gebleichtem Papier.

© 2022 novum Verlag

ISBN 978-3-99131-396-0
Lektorat: Laura Oberdorfer
Umschlagfotos: Sophie Mcaulay,
Epicstock | Dreamstime.com
Umschlaggestaltung, Layout & Satz:
novum Verlag

www.novumverlag.com

Climate neutral
Print product
ClimatePartner.com/16547-2201-1002

Oh shit! ...

Frustriert starrt sie auf den mit sonnenhungrigen Leibern gerammelt vollen Strand. Auf diesen Anblick war sie wirklich nicht gefasst. Sie hat sich so auf eine Abkühlung gefreut und überwindet den Impuls, wieder umzukehren.

Es ist später Nachmittag, Anfang Juli. Auf der Insel Korfu ist es sehr warm und die hohe Luftfeuchtigkeit tut ihr Übriges. Seufzend wischt sie sich mit der Hand über die schweißnasse Stirn und trocknet sie am luftigen Sommerkleid ab. Ganz in der Nähe zwischen einer Familie mit Kindern, Sandburgen und einem Paar, welches bäuchlings auf einem Badetuch döst, entdeckt sie etwas Sand. Gerade groß genug, um ihren Pareo auszubreiten. Minuten später rennt sie im roten Bikini hinunter ans Meer und taucht mit einem Hechtsprung ins erfrischend kristallklare Wasser. Die Sonne funkelt auf den Wellen. Ein weißes Segelboot gleitet gemächlich Richtung Hafen. Möwen fliegen auf Nahrungssuche lautstark schreiend die Küste entlang, während sie mit kraftvollen Zügen weit ins Meer hinaus krault.

Ihre Brust hebt und senkt sich heftig, als sie nach dem Workout geschlaucht auf ihren Pareo fällt. Mit einem wohligen Seufzer rekelt sie sich tief in den warmen Sand. Das aktive Strandleben blendet sie bis zu einem gedämpften Gemurmel aus. Ein kleines Lächeln erscheint auf ihrem Gesicht, als sie mit geschlossenen Augen entspannt dem sanften Plätschern der Wellen lauscht. Wie eine Liebkosung streichelt ein leichtes Lüftchen über ihre heiße Haut. *Hmmm ... Einfach himmlisch ...*

Als sie etwas Hartes im Rücken spürt, dreht sie sich auf die Seite und starrt verwirrt in zwei freche, rehbraune Augen. Reflexartig will sie sich wieder umdrehen, aber sie ist wie hypnotisiert. Atemlos bemerkt sie, wie sich der Blick subtil ändert und der spöttische Ausdruck darin verschwindet.

Zu diesen intensiven und doch sanften Augen gehört auch ein markantes Gesicht. Seine vollen, sinnlichen Lippen sind nur wenige Zentimeter von den ihren entfernt, die sie unwillkürlich mit der Zungenspitze benetzt. *Hoffentlich hat er nichts bemerkt! ... Und wenn schon. Was ist denn dabei, neben einem fremden Mann zu liegen und auf seine Lippen zu starren*, denkt sie ironisch. Aber was für Lippen! Wie gerne würde sie diese jetzt küssen. Vielleicht sind sie noch etwas salzig vom Schwimmen?

Sie überlässt sich ganz den Bildern ihrer Fantasie und schließt versonnen die Augen. Mit der Zungenspitze gleitet sie langsam und genussvoll den Konturen seines verführerischen Mundes entlang. Seine Lippen zucken unter dieser zärtlichen Berührung und öffnen sich leicht. Dieser subtilen Aufforderung kann sie nicht widerstehen. Behutsam gleitet ihre Zunge tiefer in seinen Mund und tastet sich mutig vor. Eine Gefühlsexplosion lässt sie erbeben. Es gibt nur noch sie, diese Lippen und diesen alles vergessenden Kuss.

Als sie sich leicht bewegt, rieselt warmer Sand auf ihr Bein. Wie fantastisch sich das anfühlt. Und dann dieser Unbekannte, zum Berühren nah. Wie würde er reagieren, wenn sie ihn wirklich küssen würde?

Genussvoll verliert sie sich wieder in ihrer Traumwelt. Sie fühlt seine Hand. Zuerst zaghaft, dann etwas kühner gleiten Fingerspitzen über die zarte Haut ihrer Oberschenkel. Ihre Hände werden feucht. Nervös fängt sie an zu blinzeln und bemerkt beschämt, dass er sie die ganze Zeit beobachtet. Mit einem Schlag reißt sie eine laute Stimme aus ihrem berauschenden Zustand.

„Come on darling, let's get in the water. I'm hot."

Seine Freundin hat sich hochgerappelt und tippt ihm ungeduldig mit dem Fuß auf den Hintern. Während er langsam aufsteht, lassen bedauernde Blicke sie keine Sekunde aus den Augen. Diskret hebt er seine rechte Hand zum Gruß, dann folgt er schnell mit langen Schritten seiner Partnerin.

Verärgert schüttelt sie den Kopf über ihr irrationales Verhalten und packt kurz entschlossen die Badesachen zusammen. Sie hofft so sehr zu Hause eine E-Mail von *ihm* zu finden. Was hat das letzte Klassentreffen alles in ihr ausgelöst!

***

Als Teenager war sie zum ersten Mal so richtig verknallt. Wann immer er sie ansprach, brachte sie nur unverständliche Töne heraus, errötete und ihre Hände wurden feucht. Ihr heimlicher Schatz war der Liebling der ganzen Klasse. Er war nicht sehr groß, aber seinem süßen Lächeln konnte niemand widerstehen.

Wie gerne hätte auch sie nach der Schule herumgeknutscht, sich erwachsen gefühlt, von anderen beneidet. Aber sie gehörte nicht zu den Favoritinnen. Sie war nicht auffallend hübsch. Kleidete sich nicht in trendige Mode wie Miniröcke, knallige Farben oder enge Jeans. Im Gegenteil, sie wurde oft von den Mitschülern wegen ihrer langen, schlaksigen Figur gehänselt. Die hässliche Zahnspange, die sie Tag und Nacht tragen musste, half auch nicht, ihr angeknacktes Selbstwertgefühl zu stärken.

Sie setzte alle Hoffnung aufs Skilager. Seit Wochen gab es kein anderes Thema mehr, als wer wen küssen würde. Aber er beachtete sie kaum. Und sie war zu schüchtern, ihm ihre Gefühle zu zeigen, aus Angst verspottet zu werden.

***

50 Jahre später verpasst sie beinahe das Klassentreffen. Im Schwarzwald in einem Wellnesshotel wird im Frühsommer 2019 alles für ein super Wochenende vorbereitet und Zimmer reserviert. Der Begrüßungs-Apéro ist auf 11:00 Uhr angesetzt.

Durch das weit geöffnete Autofenster atmet sie die frische Luft tief ein. Ihr kinnlanges, blondes Haar wird vom Wind zerzaust, während sie in freudiger Erwartung Richtung Feldberg fährt. Das Radio voll aufgedreht, trommelt sie im Rhythmus der Musik auf dem Lenkrad herum. Sie freut sich auf ihre ehemaligen Mitschüler und ist neugierig, was aus ihnen geworden ist. Wird auch er dabei sein? Wie wird er aussehen? Unvermittelt lächelt sie. Werden ihre Knie immer noch zittern, wenn sie ihm gegenübersteht? Sie lacht hell auf und schüttelt den Kopf. *Spinnst du! Was ist denn mit dir los? Du bist kein Teenie mehr, sondern eine Frau mit einer aufregenden und bewegten Vergangenheit.*

Abrupt drückt sie auf die Bremsen. *Mist, Scheiße, ausgerechnet jetzt!* Die Straße hinunter zum Schlauchsee ist gesperrt! Wie ein kopfloses Huhn kurvt sie über den Feldberg und kämpft sich fluchend durch das Labyrinth von Straßensperren und Umleitungen. Als sie bereits maßlos enttäuscht kapitulieren will, findet sie mit Hilfe einiger riskanter Manöver doch noch den Weg zum See.

Die Klassenkameraden sind bereits beim Essen, als sie endlich völlig geschafft eintrifft. Lebhaft wird sie empfangen und mit Witzeleien von wegen GPS und so bombardiert. Jemand umarmt sie herzlich und drückt ihr zur Begrüßung ein Glas Prosecco in die Hand. Befreit lacht sie auf. Der angestaute Frust perlt wie Wasser von ihr ab.

Ihr stockt der Atem. Da sitzt er! In der fröhlichen Runde hat sie ihren Jugendschwarm entdeckt. Mit seinen 67 Jahren sieht er immer noch attraktiv und knackig aus. Durchtrainierter Körper, markantes Gesicht mit gepflegtem Dreitagebart, weißes, nach hinten gekämmtes, leicht gelocktes Haar und das gleiche, unverschämt anziehende Lächeln, welches ihr schon damals den Kopf verdreht hat.

Sie setzt sich auf einen freien Stuhl direkt ihm gegenüber. Als sich ihre Blicke kreuzen, explodiert ein kleines Feuerwerk in ihr. Mit klopfendem Herzen dreht sie sich weg.

Das ist unmöglich! Nach all den Jahren knistert es zwischen uns? Du bildest dir das nur ein! … Und wenn schon. Was ist gegen einen kleinen Flirt einzuwenden. Der Aufenthalt wird umso reizvoller.

Der Lärmpegel steigt beträchtlich, als die Stimmung von Stunde zu Stunde ausgelassener wird. Verhalten sucht sie im Verlauf des Nachmittags und Abends seine Nähe, aber immer ist jemand schneller und nimmt ihn in Beschlag. Sie hätte gerne etwas über ihn erfahren. Ist er verheiratet? Hat er Kinder? Vielleicht ist er verwitwet wie sie selbst.

Unüberhörbar verkündet sie beim Gute-Nacht-Sagen, dass sie am nächsten Morgen sehr früh den Wellnessbereich des Hotels unsicher machen will. Inständig hofft sie, dass er sie gehört hat und auch kommt.

Es ist weit nach Mitternacht. Sie findet keinen Schlaf. Mit geschlossenen Augen liegt sie auf dem Bett und träumt vor sich hin. – Sie öffnet die Tür zum Spa und sieht ihn im Jacuzzi sitzen. Er ist allein. In einem raffiniert geschnittenen, schwarzen Badekleid, das ihre weiblichen Kurven gut zur Geltung bringt, steigt sie langsam zu ihm ins Wasser. Ohne die geringste Spur von Eile legt sie einen Arm um seinen Nacken. Ihre andere Hand streichelt sanft seine Wange, bis sich ihre Finger spielerisch in seinem Haar verfangen. Sie sieht, wie er seine Augen schließt und wird mutiger. Zärtlich küsst sie seinen sinnlichen Mund. Als ihre Lippen über seinen Hals gleiten, spürt sie, wie er erschaudert. Behutsam zieht er sie in seine Arme. Ein leichtes Zittern durchläuft ihren Körper, als seine Fingerspitzen sacht ihren Rücken bis hinunter zu ihren Hüften streicheln. Er schmiegt sich enger an sie, sodass sie seine Erregung spüren kann.

Aufgewühlt rennt sie ins Bad und spritzt sich kaltes Wasser ins erhitzte Gesicht.

Du spinnst! In was verrennst du dich da. Und das in deinem Alter! OK, ok, tief durchatmen. Es sind nur die Hormone, die verrücktspielen.

Am nächsten Morgen trifft sie der Schlag. Sie hat verschlafen! Blitzartig zieht sie sich um und rennt hinunter in den Wellnessbereich. Erwartungsvoll öffnet sie die Tür. Zwei hübsche Wassernixen liegen neben ihm im Whirlpool und lächeln ihr verschmitzt entgegen. Sie hätte sich ohrfeigen können. Selbst schuld! Eine charmante Gelegenheit verpasst. Sie wird bestimmt nicht mehr dazu kommen, sich mit ihm ungestört zu unterhalten oder sogar herauszufinden, wie seine Küsse schmecken. Machtlos muss sie zusehen, wie die drei sich bald darauf scherzend verabschieden und sie allein am „Ort der Entspannung" zurücklassen. *Scheiße!* Um Dampf abzulassen, schwimmt sie energisch einige Runden im Pool.

Nach dem Frühstück werden eifrig WhatsApp-Nummern ausgetauscht. Und damit sie nicht wieder im Umleitungssalat stecken bleibt, macht jemand den Vorschlag, sie solle *ihm* hinterherfahren, sie hätten ja praktisch den gleichen Weg.

„Könntest du dann, sobald wir wieder auf Schweizer Boden sind, zu einer Tankstelle fahren? Mein Benzin ist bald alle", bittet sie ihn etwas verlegen. Lächelnd gibt er ihr ein Zeichen, ihm zu folgen. *Nichts lieber als das!*

Während sie an der Tankstelle blicklos auf den Benzinzähler starrt, lehnt er entspannt das Handy ans Ohr gepresst an seinem Wagen. Sie hat es vollends vergeigt. Bis zu einem neuen Klassentreffen werden Monate vergehen. Wertvolle Zeit, in der sie nicht jünger, nicht hübscher und nicht begehrenswerter wird.

Der Tank ist voll. Das war's dann. Etwas befangen bedankt sie sich für seine Hilfe. Als sie ihn zum Abschied freundschaftlich umarmen will, fühlt sie plötzlich für einen kurzen Augenblick seine Lippen auf den ihren. Erstarrt schaut sie zu, wie er in sein Auto steigt und ihr lächelnd zuwinkt. Sekunden später ist er verschwunden.

Neeeein!!! Komm zurück!! Du kannst doch jetzt nicht einfach so abhauen … Auch diese Chance v e r p a s s t !

***

Die Wintermonate verbringt sie in der Schweiz, in Crans-Montana, einem Skigebiet mit herrlicher Sicht auf die Bergwelt. Nachdem ihr Mann vor einigen Jahren verstorben ist, wohnt sie dort allein in einer geschmackvoll eingerichteten, kleinen Parterrewohnung. Für das Klassentreffen kam sie extra aus Griechenland, ihrer zweiten Heimat, angereist. In der Nacht findet sie keinen Schlaf. Ihre Gedanken kreisen immer nur um ihn und diesen einen flüchtigen Kuss. *Ich benehme mich absolut lächerlich!*

Sie sitzt im Auto in der Tiefgarage vom Supermarkt und starrt mit klopfendem Herzen auf eine WhatsApp-Nachricht von ihm. Nie hätte sie zu hoffen gewagt, dass er sich melden würde … Und dann noch so schnell!

Hi Baby, bin gerade mit dir auf dem Jakobsweg nach Santiago. Dein Buch gefällt mir sehr gut und erinnert mich an den Trip von Alaska nach Feuerland. Bin gespannt, wie es weitergeht. Liebe Grüße, Stranger und Shiro.

Nach dem plötzlichen Tod ihres Mannes pilgerte sie mit ihrer Schwester auf dem Jakobsweg durch Spanien und veröffentlichte anschließend ihre emotionalen und spannenden Erlebnisse. Eine Schulfreundin hat ihm dieses Buch „Jakob" ausgeliehen. Sie ist zu aufgeregt, um sofort zurückzuschreiben und fährt nach Hause. Bevor sie die Lebensmittel wegpackt, setzt sie sich in einen modernen, roten Ledersessel und liest noch einmal seine Nachricht.

Hey Stranger, du wirst nicht nur den Weg und meine geschundenen Füße kennenlernen, sondern auch einen Blick in meine Seele tun. Das Schreiben hat mir geholfen, war meine Therapie, um meinen Schicksalsschlag zu verarbeiten. Bist du einen Teil der Strecke Alaska nach Feuerland gefahren oder etwa auch gelaufen? Das sind Tausende von Kilometern! Ist Shiro dein Hund? Schlaf gut und träum was Schönes.

Er schreibt umgehend zurück und schickt ihr ein Foto von seinem süßen, kleinen Hund, wie er im Kleiderschrank liegt und schläft.

Dann freue ich mich auf die Seelenwanderung mit dir, Baby. Habe den großen Trip mit meinem Freund Franz und einem selbst ausgebauten VW-Bus vor genau 40 Jahren gemacht. Zu Fuß haben wir einige Strecken im Grand Canyon, in Zentralamerika und in den Anden zurückgelegt. Und jeden Morgen sind wir gejoggt. Aber die ganz großen und schweren Touren hatte ich da bereits hinter mir. Gebirgsinfanterie, so 20 km mit 40 kg Gepäck aufs Churer Joch mit Skiern und Fellen. Oben angekommen Schneehöhlen zum Schlafen gebaut; war sehr romantisch. Ja, Shiro ist mein vierbeiniger Freund. Schlaf auch gut Baby. LG Stranger

Als sie herzhaft gähnt und sich genussvoll im Bett rekelt, versteckt sich die Sonne noch hinter den Bergen. Aber dann ist sie hellwach. Sie schnappt sich das Handy, welches griffbereit auf dem Bett liegt und schreibt.

14.6.2019

Good morning Stranger. Hat der Name Shiro eine spezielle Bedeutung? Habe so viele Fragen über deine bestimmt abenteuerlichen Jugend-Trips, aber mit WhatsApp ist das schwer. Muss jedes Wort 2-3 Mal schreiben. Zu dicke Finger. Hast du skype? Zum Chatten wäre das einfacher.

Good morning Baby. Eine Bedeutung hat sein Name, soviel ich weiß, nicht. Seine Eltern heißen Bonnie und Clyde. Er wurde mit 3 Brüdern im Tierheim geboren. Skype habe ich nicht, aber du kannst mir per Mail schreiben. LG St. – Ist Wasserski im Sommer dein Sport? Cool! Hab ein Foto im Klassen-Chat gesehen.

Gedankenverloren sitzt sie draußen auf der Terrasse und starrt auf die grandiosen, verschneiten Berggipfel, die in den wolkenlosen Himmel ragen. Vor ihr auf dem Tisch einsatzbereit der PC.
    Gestern hatte sie ihren beiden besten Freunden, Marlène und Eddy vom Schultreffen erzählt. Das süße Intermezzo an der

Tankstelle aber hat sie eisern bagatellisiert. Die beiden rochen Blut und taten ihr Bestes, um alle pikanten Details aus ihr herauszuquetschen. Erfolglos!

Ein Lächeln schwebt auf ihrem Gesicht, als sie anfängt, ihr erstes E-Mail an ihn zu schreiben.

14.6.2019, 10:25

Hey Stranger,

danke für deine E-Mail-Adresse. Ich fahre nicht mehr so viel Wasserski, schwimme lieber. Ist sicherer ... Mehrere gebrochene Rippen und so.

Schon beeindruckend, wo du bereits überall gewesen bist. Du hast viel gesehen und Aufregendes erlebt. Super, dass du damals den Mut hattest und aus der Enge abgedüst bist. Das Reisen öffnet einem den Horizont. Man lernt viel über andere Kulturen, aber auch über sich selbst. Es interessiert mich, was du in den letzten 50 Jahren gemacht hast, um heute so zu sein, wie du bist. Was dich ausmacht, was du erlebt hast ...

OK, let's get started. Mit deiner Ansage, dass du vor 40 Jahren von Alaska aus mit einem selbstzusammengezimmerten VW-Bus losgefahren bist, um die Welt mit deinem Freund zu erobern, finde ich spitzenmäßig. Bestimmt hattest du, bevor du aus der Enge der Heimat ausgebüxt bist, dein Diplom zum Metallbauingenieur in der Hand. Auch ich habe damals alles stehen und liegen gelassen und bin abgehauen ... Aber dazu mehr ein andermal.

Du hast etwas Traumhaftes verwirklicht, um das dich bestimmt viele beneiden würden. Sicher war es nicht immer ein Zuckerschlecken. Kein heißes Wasser, keine Dusche, kein weiches Bett ... Oder doch das vielleicht schon, haha. Kein warmes, richtiges Essen, sondern Schlangen oder gegrillte Heuschrecken? Dafür aber stundenlang mit offenen

Fenstern durch die unberührte, freie Natur fahren. Keine Dörfer, keine Autobahnen, keine lärmenden Menschenmassen. Der Wind bläst durch das Haar, die Musik von den Rolling Stones oder Santana auf max. Lautstärke. Herrlich!!! Wie lange wart ihr unterwegs? Freue mich bereits, wenn du mir einige der Abenteuer erzählst. Especially the juicy ones.

Mein Buch „Life's Magical Moments" in der englischen Version ist eben erschienen. Vielleicht interessiert es dich ja.

Lieber Gruß, *Baby*

Marlène und Eddy haben sie heute Sonntag, mit einer Last-Minute-Abschieds-Grillparty überrascht und alle ihre Freunde eingeladen. Das Wetter ist herrlich, die Stimmung bombastisch und das Essen köstlich. Es ist schön, alle noch einmal zu sehen, bevor sie morgen für einige Monate wieder nach Griechenland reisen wird.

Nachdem sie mit Kofferpacken fertig ist, setzt sie sich entspannt in einem oversized Baumwollpullover und Leggings draußen auf die Terrasse und genießt den Blick auf das Gebirge. Es ist immer wieder ein besonderes Erlebnis, wenn die Sonne untergeht und die Berge im Abendrot glühen. Auf dem Tisch steht ein Tablett mit Prosecco und ein Teller mit frischem Obst und Käse. Sie öffnet den PC und liest voller Freude die Mail, welche er ihr gestern geschrieben hat.

15.6.2019, 11:40

Wow! Baby, du legst richtig los. Vielen Dank für deinen lieben Brief.
Ich habe erst heute die private Mail angeschaut. Ich bin am Wochenende immer mit meiner Partnerin zusammen. Deshalb fehlt mir auch die Zeit, dir etwas Vernünftiges zu schreiben.

Bin mächtig stolz, mit einer Schriftstellerin Briefverkehr zu haben. Deine Geschichte werde ich in deinem Buch über die Pilgerreise erfahren. Deine Schwester und du wart unglaublich mutig, einfach so loszuwandern.

Aus meinem Leben werde ich dir gerne in der kommenden Zeit in meinen Briefen schreiben. Ich freue mich auf alle deine Nachrichten Baby!

Liebe Grüße und Küsschen,

Stranger

Tu nicht so überrascht! Hast du wirklich geglaubt, dass ein attraktiver Mann wie er allein leben würde?! Dafür schickt er „Küsschen!"

Montagmorgen, 5 Uhr; sie kann nicht mehr schlafen. Ihre Gedanken kreisen um das Klassentreffen und den Kuss. Plötzlich formen sich Wörter in ihrem Kopf. Hellwach, schnappt sie sich den PC und fängt an, völlig berauscht ein Poem zu schreiben.

17.6.2019, WhatsApp Message

Hey Stranger, was machst du? Ich bin am Airport Zürich und warte auf den Flug nach Korfu. Hatte eine sehr kurze Nacht. Anstatt zu Schlafen schrieb ich ein Gedicht. Big hug and have a great day.

***

Das ganz große Glück hat sie vor langer Zeit in Griechenland gefunden. Gemeinsam mit ihrem Mann baute sie auf Korfu ihre Traum-Villa, in der sie auch heute noch einige Monate im Jahr verbringt. Sie liebt diese ionische Insel mit den romantischen Badebuchten, langen Sandstränden, Zypressen und Olivenwäldern. Den venezianischen Charakter der malerischen Altstadt. Die imposante Festung und den Liston, eine um das 19. Jh. angelegte Promenade mit Arkaden und Cafés.

Das wadenlange, luftige weiße Trägerkleid schmeichelt aufs Vorteilhafteste ihrer Figur. Ein breitrandiger, weißer Hut und die modische Sonnenbrille vervollständigen ihre stylische Erscheinung, als sie freudestrahlend aus dem Flugzeug steigt. Ungeduldig zieht sie den Rollkoffer, der oft ein Eigenleben entwickelt, aus dem Schatten des Flughafengebäudes und blinzelt in die gleißende Sonne. Kurz darauf entdeckt sie ihre Schwester, die ihr zwischen den vielen Besuchern aufgeregt zuwinkt.

Doris, 2 Jahre jünger und etwas größer, ist das pure Gegenteil von ihr. Mit ihren dunklen Augen und Haaren, die zu einem rassigen Bob geschnitten sind, ist sie eher der südländische Typ. Ihr braun gebrannter, schlanker Körper kommt durch das weiße T-Shirt und die schwarzen Bermudas noch mehr zur Geltung. Aus ihrem gebräunten Gesicht strahlen ebenmäßig weiße Zähne, als sie lachend auf sie zu rennt.

„Mensch, du siehst fantastisch aus!"

„Bin ja auch bereits einige Tage hier", lacht Doris glücklich. Nach der stürmischen Begrüßung laufen die Geschwister Arm in Arm in lebhafter Unterhaltung zum Parkplatz.

Wie immer, wenn sie ihren Fuß auf die Insel setzt, freut sie sich auf ihr Zuhause, wo sie mit ihrem Mann viele glückliche Jahre gelebt hat. Bei ihrem letzten Besuch im April hat sie mit aufwendigen Renovierungsarbeiten begonnen. Die Handwerker wurden mit alten CDs von John Lee Hooker, Eric Clapton oder Bob Dylan bei Stimmung gehalten, als sie die Wände wegen ihrer Unentschlossenheit bei den Farben 2-3-mal neu anstreichen mussten.

Obwohl ihre Villa immer noch einer Baustelle gleicht, hat Ermioni, die Perle des Hauses, alles, so gut es geht, für ihre Ankunft vorbereitet. Im Kühlschrank findet sie sogar eine Flasche Prosecco.

„Lass uns die gleich köpfen", lacht Doris und holt flink zwei Sektgläser aus dem Schrank. „Willst du wirklich hier bleiben? Komm doch zu mir, bis die Arbeiten beendet sind."

„Das ist lieb gemeint, aber ich komme schon zurecht. Meine Räume sind ja fertig. Setzen wir uns an das kleine Tischchen unter dem Olivenbaum, dort ist es gemütlicher."

Fröhlich heben die Geschwister die Gläser und stoßen auf eine schöne Zeit auf ihrer Trauminsel an. Schließlich verabschiedet sich Doris. Ihre Wohnung befindet sich auf der paradiesischen Halbinsel Kommeno an der Ostküste. Sie werden sich zum Abendessen mit ihren griechischen Freunden Despina und Spiro wieder treffen.

Bevor sie den Koffer auspackt, reißt sie die Balkontür weit auf und schreitet hinaus. Glücklich breitet sie die Arme aus und schaut auf das wunderschöne Panorama zu ihren Füßen. Die Aussicht zur nordöstlichen Küste, dem Meer und dem gegenüberliegenden Festland mit der albanischen Bergkette im Hintergrund ist großartig. Während sie zurück tänzelt, betet sie inbrünstig für Internetverbindung.

17.6.2019, 19:53

Hallo Liebes,

herzlichen Dank für Deine offenen Zeilen. Ich nehme mal an, dass Du über den Abschiedskuss ein Gedicht geschrieben hast? Wahnsinn, wenn Du in den frühen Morgenstunden über diese, unsere, kurze, schöne Zärtlichkeit einen Vers verfasst hättest! Es war ein wunderschöner Moment. Aber Liebes, ich bin derzeit aus der Spur!!!
Es ist verrückt, aber nachdem ich nach 35 Jahren eine depressive Frau verlassen habe, hat mich diese elende Krankheit selbst eingeholt. Ich leide tatsächlich an leichten Depressionen! Ich werde Dir noch schreiben, wie es so weit kommen konnte.
Doch nun zu Dir, mein Baby. Ich freue mich für Dich, dass Dein neues Buch, Life's Magical Moments erschienen ist! Great! Congratulations.

Für mich bist du noch ein Mysterium. Ich weiß nichts von Dir, wie und wo Du mit wem lebst? Zuerst werde ich mich heute Nacht bei Deiner Reise durch Spanien weiter informieren.

Über aktuelle Infos würde ich mich sehr freuen.

Ich sitze an einem Tisch in meiner 1.5 Zimmerwohnung mit meinem treuen Freund Shiro bei offenen Fenstern und trinke den Rest der Flasche Rotwein. Dazu gibt es einen Teller Spaghetti. Meine Gedanken kreisen um die kurze, gemeinsame Zeit im Schwarzwald und die Heimfahrt. Wäre ich im Kopf frei gewesen, hätten wir einen Nachtspaziergang gemacht.

Was ich brauche, ist Zeit, um klarzukommen. Werde Dir aber die Vorgeschichte bald schreiben.

Ich wünsche dir und deinen Lieben einen schönen Abend und gute Zeit in Griechenland.

Bussi,

Stranger

Beim fröhlichen Treffen und Herumalbern mit ihren Freunden ist sie nicht so richtig bei der Sache. Seine Mail geht ihr nicht aus dem Kopf.

Was soll der emotionale Ausbruch wegen dem Poem? Hat der flüchtige Kuss für ihn auch etwas bedeutet? Er nennt mich Liebes! Voll krass! Aber das mit seinen, wenn auch nur leichten, Depressionen schreit direkt nach einer komplizierten Beziehung. Ist es denn möglich, dass diese Krankheit wirklich auf ihn abgefärbt hat? Wie tief sitzt das schon bei ihm? Wie traurig. Eigentlich sollte er doch glücklich sein dürfen und sein Dasein genießen. Wie stark ist seine neue Beziehung? Liebt er seine Lebenspartnerin genauso wie einst seine kranke Frau?

„Hey, wo bist du eigentlich mit deinen Gedanken?" Despina boxt sie lachend in die Rippen und schaut sie aus bernsteinfarbenen Augen amüsiert an. Sie muss sich zusammenreißen. Ihre Schwester beobachtet sie bereits misstrauisch.

Nach einem langen Tag steht sie endlich unter der erfrischenden Dusche. Obwohl sie zum Umfallen müde ist, holt sie den PC und setzt sich mit gekreuzten Beinen aufs Bett.

17.6.2019, 23:32

Poor Stranger,

mein Herz tut weh, wenn ich deine Mail lese. Ich fühle deine tiefe Traurigkeit und kann dir nicht helfen. Das Leben hat auch dich bös gebeutelt. Ich weiß, wie einfach es ist, sich fallen zu lassen, klein beizugeben und in diesem fürchterlichen, schwarzen Loch zu verschwinden. Die Kraft, die man braucht, um sich aus diesem Sog zu befreien, zu kämpfen, ist enorm. Ich habe es nur mit Hilfe meiner Freunde und Familie geschafft; und dem Schreiben natürlich. Allein kommt man aus dieser Hölle nicht heraus. Bei mir hat es 7-8 Jahre gedauert!

Und ja, du hast richtig geraten. Dein Kuss hat mich berührt. Er hat in mir Gefühle ausgelöst, die ich seit Jahren verloren glaubte. Ich war wie versteinert. Ich wollte dich zurückrufen, um den Kuss zu wiederholen, zu genießen. Aber ich blieb stumm. Wir stiegen in unsere Autos und fuhren weg … Was von diesem einzigartigen, unverhofften Moment geblieben ist, sind einige Zeilen, die ich heute früh geschrieben habe. Obwohl ich mich dabei ziemlich bescheuert fühle, habe ich das Gedicht trotzdem in den Anhang gegeben und hoffe, dass es dich erheitert. Es ist keine Liebeserklärung, sondern nur ein Poem!

Unterdessen sind deine Weinflasche und der Teller Spaghetti leer und du und Shiro sicher im Bett. Ich werde von mir ein andermal schreiben. Schlaf und erhol dich gut. Wünsche dir süße Träume.

Lass dich drücken, *Baby*

Attachement:

Der Kuss

Wie der Hauch eines Lüftchens
zärtlich, weich.
Wie der Flügelschlag eines Schmetterlings,
so leicht, kaum spürbar.
Kribbeln im Bauch, leises Zittern.
Lippen, die erforschen, tasten, knabbern.
Zungenspitzen, die necken,
behutsam, zart, weich.
Elektrisch aufgeladen.
Erbeben schweben.
Gleiten tiefer, werden mutig.
Feucht, Verlangen, Erbeben, Abheben.
Der Kuss,
wie der Hauch eines Lüftchens.
Der Flügelschlag eines Schmetterlings.

Mist! Jetzt habe ich auf den Knopf gedrückt! Ich hätte den Anhang doch löschen sollen. Wie bescheuert bin ich eigentlich?! Wie peinlich … Scheiße! Er ist mit jemandem zusammen, verdammt! Obwohl ich seit seinem Kuss auf einer Wolke schwebe, brauche ich ihm das doch nicht gleich unter die Nase zu reiben. Nun ist es zu spät.

Zuviel spukt in ihrem Kopf herum, als dass sie einen erholsamen Schlaf gehabt hätte. Ein Blick in den Spiegel am nächsten

Morgen und die Sympathie für ihr eigenes Spiegelbild ist dahin. Ihr Gesicht ist ganz zerknittert, sieht müde und unausgeschlafen aus. *Wenn er mich jetzt so sehen könnte!* Angespannt wartet sie auf seine Nachricht. Wie hat er ihre heißen, glühenden Zeilen aufgenommen?

18.6.2019, 7:52

Guten Morgen Baby,

dein Gedicht ist großartig! So schöne Zeilen entstehen nur durch solche außergewöhnlichen Momente. Es ist zart, liebevoll und erotisch, einfach zauberhaft!
Danke, dass du es mir zum Lesen gesendet hast und auch für deine einfühlsamen Zeilen. Ich weiß ja, was es heißt, mit Depressionen zu leben. Meine von mir getrennte Frau leidet, seit ich sie kenne an Ängsten, 8-9 Monate Dunkelheit im Jahr. Psychiatrie, Klinikaufenthalte und Selbstmordversuche. Ich kenne das Elend mit dem großen Leidensdruck gut.
Bei mir ist es noch nicht so extrem, ich habe es, denke ich, selbst in der Hand, die Situation zu ändern.
Nun aber ganz wichtig, Liebes. Ich bin in dieser Verfassung nicht in der Lage für eine neue Liebesbeziehung. Ich habe zu dir schöne Gefühle, du ziehst mich an und ich möchte dich auch sehr gerne umarmen und küssen. Aber ich würde derzeit lieber mit dir im lockeren Briefkontakt bleiben und dich so und über deine Bücher kennenlernen.
Ich bin zerrissen und habe vermutlich eine sehr späte Lebenskrise. Ich hoffe, dass du mich verstehst.

Ich wünsche dir einen schönen Tag und alles Liebe,

Stranger

Er entpuppt sich als ein wahrer Romantiker. Anscheinend hat ihm mein episches Werk gefallen. Aber wo nimmt er denn die abstruse Idee her, dass ich eine Liebesbeziehung eingehen will? Dass ich ihn nochmals küssen möchte, das stimmt. Mich mit seiner Partnerin anlegen, bestimmt nicht! Ein bisschen Spaß, unbeschwert drauflos schreiben, eine Prise aufregender E-Mailflirts. Das sorgt für Abwechslung und bringt permanentes Knistern in die heißen Sommertage.

Eine wichtige Besprechung mit der Innenarchitektin ist angesagt. Der Plafond ist anscheinend für eine optimale Beleuchtung viel zu hoch und soll abgehängt werden. Danach wird nicht nur die Decke neu gestrichen, sondern auch die Wände, weil sie immer noch nicht mit dem Farbton glücklich ist. Bis ihre Freundin Marlène kommt, soll alles fertig sein. Sie hat das Baustellenleben so etwas von satt. Keinen Zugang zur Küche, da diese mit Plastik gegen den Staub versiegelt wurde. Keinen Kaffee am Morgen und noch schlimmer, keinen Griff in den Tiefkühler, um sich die Eiscreme-Box zu greifen.

Um den Kopf freizubekommen, fährt sie am späten Nachmittag an den schönen Strand von Barbati an der Nordostküste. Die Beach Bar lockt mit einer verführerischen Erfrischung und die Liege unter dem Sonnenschirm zieht sie magisch an. Aber sie bleibt standhaft. Um den Kalorienverbrauch anzukurbeln, will sie mit regelmäßigem Schwimmen anfangen. Sie muss fit bleiben und auf ihre Figur achten. Schon witzig, was eine kleine Vernarrtheit alles auslösen kann.

Als sie nach Hause kommt, kribbelt es in ihren Fingern.

18.6.2019, 18:48

Hello Stranger,

ich verschmachte fast … Nicht nach dir, sondern vor Hitze, haha. Heute ist es bereits am frühen Morgen so warm und feucht gewesen, dass mir der Schweiß von der Stirn getropft ist.

Gleich nach dem Frühstück sind die Handwerker gekommen, um mit mir über die restlichen Renovierungsarbeiten, die ich im April begonnen hatte, zu sprechen. Sie brauchen immer noch 3-4 Tage für die Elektrik- und Malerarbeiten. Schon bald kommt Marlène, dann muss alles fertig sein. Nach dem Tod meines Mannes vor 11 Jahren hat sie jedes Jahr eine Woche Ferien bei mir verbracht, ohne ihre Familie. Das ist für uns zu einer liebenswerten Tradition geworden. Wir werden zu Prinzessinnen, verwöhnen uns und tun uns Gutes.

So ist auch das Buch „Magie des Lebens" entstanden. Ich habe es geschrieben, weil ich Angst hatte, eines Tages diese ganz besonderen Momente mit meiner Freundin zu vergessen. Du weisst schon, Alzheimer etc.

Ich muss meine armen Topfpflanzen spritzen. In dieser Hitze sehen sie leider sehr kümmerlich aus.

Heute bin ich nicht nur mit einem Ouzo unter dem Sonnenschirm gelegen, sondern wollte was tun, um fit zu bleiben. Gedenke nämlich, den Fettpölsterchen definitiv den Kampf anzusagen und wieder jeden Tag zu schwimmen. Nach 500 Meter Crawl sind mir die Arme fast abgefallen! Am Abend ist eine Abschiedsfeier für eine liebe Freundin geplant, da sie Morgen wieder zurück nach Athen fliegt. Vor Jahren waren wir Nachbarn, und zwar im selben Haus, wo auch heute noch ein Teil meiner Freunde wohnt. Ihre Großmutter hat ein 5-Familienhaus im typischen korfiotischen Stil gebaut und es ihren Enkeln geschenkt. Wir nannten es das „Kibbuz". Das besondere, sorgenlose Ambiente von damals gibt es schon lange nicht mehr. Wir haben uns alle verändert; nichts bleibt so, wie es ist. Manchmal kommt Nostalgie auf. Man trauert der Vergangenheit nach, dem was man verloren hat, was man nicht festhalten kann. Man muss den Mut aufbringen, neue Wege zu gehen. Nach vorne schauen, obwohl es oft nicht leicht ist. Ich nehme an, du drehst nach der Arbeit eine Runde mit deinem süßen, kleinen Shiro. Genieß den Abend. Vergiss nie, dass du die allerwichtigste Person bist. Keiner kennt deine Gefühle, deine Bedürfnisse besser als du selbst. So wie du deinen Körper trainierst und alles tust, damit er wie eine gut funktionierende Maschine arbeitet, so braucht auch deine Seele dieselbe Aufmerksamkeit.

Genug für heute. Nicht, dass du von Albträumen geplagt wirst.

Kisses,

Baby

Nach der feuchtfröhlichen Abschiedsparty einer lieben Freundin aus Athens kommt sie weit nach Mitternacht todmüde nach Hause. Angespannt sitzt sie auf dem Bett; vor sich den PC. Er hat bereits auf ihre Mail geantwortet!

18.6.2019, 22:36

Wow Baby,

du gibst unglaublich Gas! Du schreibst mir ja ganze Kapitel! Ich war gerade dabei, mich wieder an deinem Weltklassegedicht zu erquicken! Ich habe ein unglaubliches Verlangen, dich mit allen Sinnen, wie deine niedergeschriebenen Gefühle erzählen, zu küssen.
Ich liebe deine Erzählungen. Verrückt, dass wir uns nach so vielen Jahren so nahekommen!

Ich wünsche dir auch eine gute Nacht und träum den besten Traum …

Flirtet er mit mir? Warum kann nie etwas einfach sein?

Unterdessen ist sie hellwach und liest nochmals seine Mail von heute Morgen.

Er sei für eine neue Liebesbeziehung nicht in der Verfassung und einige Stunden später hat er ein unglaubliches Verlangen, mich mit allen Sinnen zu küssen. Was soll das?

19.6.2019, 01:49

Hey Stranger,

in was sind wir da nur hineingeschlittert? Habe ich dir Signale gegeben, die so nicht gemeint waren? Das wollte ich nicht. Schließlich bist du mit jemandem zusammen!
Ich will versuchen, dir mein auffälliges Benehmen zu erklären. Denn ich will nicht, dass Missverständnisse unsere noch junge Brieffreundschaft belasten. Bis jetzt hat mir das Schreiben mit dir großen Spaß gemacht. Es bringt ein wenig Peps ins tägliche Leben.
Nachdem mein Mann gestorben ist, bin ich in ein tiefes Loch gefallen. Er ist die Liebe meines Lebens gewesen, mein Seelenverwandter, mein Freund, einfach alles. Wir hatten 30 wundervolle, absolut traumhafte Jahre. Wir arbeiteten zusammen in Korfu und öffneten eine Boutique in Crans-Montana. Nach diesem unfassbaren Schlag hat es Jahre gedauert, bis ich mich wieder ins Leben zurückgekämpft habe und das nur mit Hilfe meiner Familie und meiner besten Freundin Marlène. Wie bereits erwähnt, hat mir das Schreiben sehr geholfen.
Eines Tages habe ich den Schicksalsschlag akzeptiert und mein altes, wundervolles Leben losgelassen. Ich bin ruhiger geworden, bin viel gereist und habe die Berge entdeckt, was für meine wunde Seele reiner Balsam war und immer noch ist.

Dann ist etwas passiert, mit dem ich niemals gerechnet hätte. Beim Klassentreffen hast du etwas in mir geweckt. Ich habe mich wieder lebendig gefühlt. Was für ein unglaublich wunderbares, schönes Gefühl. Der Kuss nach so vielen Jahren, ein kleiner, surrealer Schock.

Liebe oder sogar Heirat kommen für mich nicht mehr infrage, dafür fühle ich mich zu alt. Auch will ich so etwas nie mehr zulassen, nicht noch einmal diesen Schmerz, diese unbeschreibliche Einsamkeit erleben müssen.

Aber Spaß haben, sich freuen. Etwas fühlen, von dem ich geglaubt habe, es nie mehr erleben zu dürfen. Dich besser kennen lernen (natürlich nur, wenn du das willst), das wäre grossartig. Mit dir einen lockeren Briefaustausch führen … Mehr will auch ich nicht.

Also ich hoffe, dass das zwischen uns nun geklärt ist und du keine Angst haben musst, dass ich etwas von dir will, was du mir nicht geben kannst. Entschuldige, wenn ich noch mehr Unruhe in dein bereits kompliziertes Leben gebracht habe.

Dass du eine so schwere Zeit mit deiner Frau erleben musstest, anstatt glücklich zu sein und das Leben mit ihr in vollen Zügen genießen zu dürfen, tut mir von Herzen leid. Wenn man jemanden liebt und sieht, wie er leidet, ist das furchtbar. Aber noch schlimmer ist es, wenn man dabei hilflos zusehen muss und nicht helfen kann.

Ich hoffe nur, dass du wirklich die Kraft hast und selbst aus dieser Situation herauskommst. Aber bitte unterschätze diese beschissene Krankheit nicht.

Hugs and kisses,

Baby (das möchte ich aber schon beibehalten, klingt so schön)

Ihre Augen sind schwer und brennen vor Müdigkeit. Sie legt den Kopf auf das Kissen und fällt sogleich in einen tiefen, traumlosen Schlaf.

Die Geschwister sitzen nebeneinander im Nagelstudio und unterhalten sich angeregt über die baldige Ankunft von Marlène und Abdel, dem Lebensgefährten von Doris. Endlich hört sie den ersehnten Benachrichtigungston und fischt nervös das Handy aus der Tasche. Konsterniert schaut sie auf seine dürftige Nachricht.

19.6.2019, 11:00

Danke Baby,

großartig. Schreibe später …

Ihre Schwester fixiert sie mit durchdringendem Blick. „Sag mal, was ist eigentlich los mit dir? Immer öfter bist du geistig abwesend. Genau wie jetzt! Also raus damit?"

Während weiter konzentriert an ihren Nägeln gearbeitet wird, erzählt sie zuerst stockend, dann aber immer flüssiger vom Klassentreffen, dem Kuss und der aufregenden Brieffreundschaft.

Doris lächelt verständnisvoll. „Voll krass! Endlich kommt etwas Schwung in dein nicht existentes Liebesleben!"

Am Nachmittag trifft sie sich mit ihren Freundinnen am Strand von Barbati. Bei chilliger Musik und eisgekühltem Rosé wird der neuste Tratsch genüsslich durchgekaut. Aber das Prickelndste behält sie für sich. Dieses unerwartete und erregende Intermezzo will sie vorerst mit niemandem teilen.

Hey Stranger,

was hast du heute so gemacht?
Du hast recht. Es ist abgefahren, dass wir in kurzer Zeit
einen so guten Draht zueinander gefunden haben. Eigentlich fühlt es sich an, als ob ich dich schon immer kenne.
Das Schreiben mit dir ist so leicht wie Plaudern. Deswegen lassen sich meine Finger auch nur schwer kontrollie-
ren und hämmern auf der Tastatur wie bekloppt herum.
Was schreibst du da, „Weltklassegedicht"? Ich fühle mich
gebauchpinselt. Danke. Manchmal, wenn mich Gefühle
überrumpeln, tanzen Worte nur so in meinem Kopf herum.
Dann müssen sie raus und festgehalten werden.
Dein nächster Satz hat mich doch tatsächlich erbeben lassen. Zu gegebener Zeit werde ich dich daran erinnern …
So leicht kommst du mir nicht davon!
Meine flinken Finger werde ich in Zukunft besser unter
Kontrolle halten und nicht mehr diese endlosen Berichte
schreiben. Ich bin unmöglich, ich weiß. Oft verliere ich
mich in Details. Du dagegen schreibst kurz und bündig.
Ich mag das! Aber irgendwie bring ich es einfach nicht fer-
tig, aufzuhören, einen Punkt zu setzen. Doch das mache
ich jetzt. Punkt!

Filakia,

Baby

Hey Baby,

danke für Deine offenen Worte und das große Verständnis für meine derzeitigen Probleme. Ganz lieb von Dir! Deine Freundschaft bedeutet mir extrem viel. Kuss!!!
Nun zu meiner Geschichte:
Ich werde ganz am Anfang beginnen. Ich bin am 26. Dezember 52 am Zürichsee geboren. Meine Mutter, gerade mal 20 Jahre alt, musste während der Schwangerschaft mit mir einen Englandaufenthalt in einem Haushalt abbrechen. Mein Vater, erst 19, nicht volljährig und noch in der Lehre. Damals ein Skandal! Sie heirateten und gründeten eine Familie, die mit meinen zwei Schwestern innert 3 Jahren schnell größer wurde.
Beide mussten arbeiten. Zum Glück war da die wunderbare Großmutter. Grosi, wie wir sie nannten, hat uns die ersten Jahre mit viel Liebe unter ihre Fittiche genommen. Dann zogen wir in die Ostschweiz, wo wir mehrmals den Wohnort wechseln mussten. Unter den häufigen Schulwechseln habe ich sehr gelitten.
Mein Vater bildete sich in der Zeit in der Abendschule zum Betriebsfachmann weiter. Nach Abschluss dieser Schule und dem Diplom zogen wir dann ins Baselland. Ein Glück für meine Entwicklung und mein Befinden. Ich wurde von eurer Klasse herzlich aufgenommen. Ihr wart spitze und ich fühlte mich endlich zu Hause. Nun musste ich aber Französisch nachbüffeln, das wurde in der Ostschweiz nicht so früh gelehrt. Die Kinder dort können aber gut heuen und melken.

Bin ich froh, dass er über die letzten, intensiven Mails elegant hin-wegsieht und locker weiterschreibt. Heute hat er sich mächtig ins Zeug gelegt. Wir sind beide im selben Jahr geboren, nur 3 Monate auseinander. Echt cool! Aber seine Kindheit war wirklich kein Ho-nigschlecken. Unmöglich, bei einem solchen Zigeunerleben Freund-schaften schließen zu können.

Unterdessen leuchten Millionen von Sternen am Himmel. Sie holt sich ein Glas eisgekühlten Rosé und setzt sich wieder in den Bambussessel unter der Palme. Voller Interesse liest sie seine Geschichte weiter:

Nun, die Jahre flossen dahin. Ich lernte Metallbauzeichner. In der Zeit betrieb ich intensiven Schwimmsport und spiel-te später bei Old Boys Wasserball in der Nationalliga-A. Während der Wirtschaftskrise in den 70ern gründete ich nach der Rekrutenschule eine Firma und stellte zusam-men mit meinem Vater Fenster und Türen aus Stahl und Aluminium her.

Im Jahr 1980 hatte ich dann die Gelegenheit, mit mei-nem Wasserballer-Freund Franz die VW-Bus-Reise nach Le Havre und mit einem Containerschiff nach Halifax zu starten. Wir reisten im Frühling quer durch Kanada und die Rocky Mountains bis nach Alaska. Von da fuhren wir runter nach Vancouver und dann quer durch die USA mit ihren Nationalparks bis New Mexico. Hier besuchten wir sämtliche Tempel der Maya-Kultur.

Weiter ging es mit einigen Abenteuern durch Guatemala, Belize, El Salvador, Costa Rica bis nach Panama. Mehr als einmal fuhren wir durch Kriegsgebiete.

Wir hatten großes Glück und fanden in Panama ein Schiff, welches unseren Bus nach Ecuador transportieren konn-te. Wir dagegen flogen nach Quito und fuhren von da mit dem Zug nach Guayaquil, wo wir unser Auto wieder in Empfang nahmen.

Mein mittlerweile erlerntes Spanisch half recht gut, dass wir nicht zu sehr über den Tisch gezogen wurden. Franz war der perfekte Mechaniker und hielt unsere Karre in Schwung. Das war auch wichtig, da wir mit der Klapperkiste auf 4000 Meter hinauf in die Anden knatterten. Im wunderschönen Altiplano fuhren wir nach Cusco und an den Titicacasee. Wieder zurück auf Meereshöhe ging es von Peru nach Chile bis Santiago und dann rüber nach Argentinien, nach Mendoza. Von da runter nach Feuerland bis Ushuaia.

Nach einem Jahr Herumreisen fuhren wir über die fantastischen patagonischen Anden nach Buenos Aires. Dort konnten wir Tickets auf dem Vergnügungsdampfer der vatikanischen Flotte auf der Eugenia C kaufen, inkl. Transportmöglichkeit für den Bus. Im untersten Deck, in einer 6er-Koje bei gutem italienischem Essen fuhren wir im Frühling 1981 über Sao Paolo, Rio, Lissabon nach Genua. Weiter im nächsten Bericht.

Das Ganze ist etwas trocken geschrieben. Details und Bonmots werde ich dir mal bei einem Glas Wein erzählen.

Liebe Grüße und ein dicker Kuss,

Stranger

Was für ein fesselndes Leben!! Und so ein toller Mann soll psychisch instabil sein? Seit seiner Kindheit hat er viel Stärke und Durchhaltevermögen bewiesen, da kann ihn doch nichts mehr plattmachen!

Sie liest seinen Lebensbericht noch einmal bedächtig durch. Da kommt eine weitere Mail von ihm. Wow …!

Hey Baby,

deinen Schreibstil mag ich, mach bitte weiter so.

Heute habe ich mir eine Röschti mit Salat gemacht und anschließend dir ein bisschen von meinem Leben geschrieben. Zu trocken und ohne Pointen, wie ich meine!

Nun Baby, ich bin neugierig, was du den Tag über so treibst? Du schreibst von Umbau? Wohnst du in einem Haus allein oder mit deiner Schwester?

Hier, in dieser Dachwohnung ist es abends noch sehr warm. Habe den Zwerg (Shiro) im Bach schwimmen lassen, damit er in der Wohnung nicht ständig hecheln muss. Ich bin noch nicht gewohnt, allein zu leben, ist etwas gewöhnungsbedürftig.

Ich denke, du hattest ein Riesenglück mit deinem tollen Mann so viele schöne Jahre verbringen zu können. Den richtigen Partner zu finden ist sehr schwer. Ich kann aber mitfühlen, wie du nach seinem viel zu frühen Tod in eine unglaublich große Traurigkeit gefallen bist. Er war ja dein Ein und Alles. So eine Verbundenheit lässt sich vermutlich seelisch gar nie trennen. Ich bin sehr froh, dass du wieder zu dir gefunden hast und auf deine Weise ein glückliches Leben führst.

Ich hoffe, wir können mal bei gutem Essen über Gott und die Welt reden.

Nun gehe ich aber in die Heia, ich wünsche dir eine erholsame Nacht, schlaf gut …

Bussi,

Stranger

Er verbringt nur die Wochenenden mit seiner Partnerin. Warum eigentlich? Wie einfühlsam und verständnisvoll er von George und mir schreibt. Auf das gemeinsame Abendessen freue ich mich jetzt schon!

Auch heute ist sie bereits wieder um 5 Uhr wach.

Was ist bloß los mit mir? Ich bin doch nicht verliebt! Warum spukt er dann permanent in meinem Kopf herum? Mist, jemand haue mir eins runter, damit ich wieder zu Vernunft komme.

Anstatt standhaft zu bleiben, greift sie zum PC und fängt wie unter Zwang an zu schreiben.

20.6.2019, 5:53

Good morning Stranger,

es ist gerade mal 5 Uhr. Gähn … Du liegst noch sanft in Morpheus Armen und träumst hoffentlich was Schönes. Im Dachstuhl wohnt eine Familie weißer Schleiereulen. Ich glaube, das ist ihr deutscher Name. Hier nennt man sie Buffo. Ihr lautes Fauchen vor meiner offenen Schlafzimmertür hat mich geweckt. Ich liebe es, wenn ihre weißen Schatten in der Finsternis der Nacht lautlos zwischen den Zypressen schweben. Mysteriös, geheimnisvoll.
Die ausführliche Mail mit deinem absolut gigantischen Lebenslauf habe ich voller Interesse gelesen. Da hast du dich aber mächtig angestrengt. Ich weiß das sehr zu schätzen. Eigentlich wollte ich jetzt mit dem Schreiben aufhören und doch noch versuchen, eine Mütze Schlaf zu bekommen. Aber langsam erwacht der Tag. Durchs weit geöffnete Fenster schaue ich hinaus aufs Meer und beobachte, wie die hell erleuchtete Fähre von Italien nach Igoumenitsa fährt. (Hafen vom Festland gegenüber von Korfu). Dahinter färbt sich der Himmel langsam rot, sodass man die

Konturen der albanischen Berge deutlich erkennen kann. Das frühmorgendliche Gezwitscher der Vögel hat auch begonnen. Aus der Ferne höre ich den ersten Kikeriki und das Bellen eines Hundes. Die Stimmung ist traumhaft!

Mein Mann und ich bauten unsere Traumvilla Ende der 90er auf einem Hügel in Poulades, umgeben von Olivenbäumen und Zypressen. Ich hatte plötzlich das Bedürfnis, etwas zu ändern und stürzte mich in aufwendige Renovierungsarbeiten. Dabei stellte ich fest, dass ich eigentlich ein totaler Minimalist bin. Die vielen Bilder an den Wänden sind weg. Die silbernen Fotorahmen, alle Staubfänger in Schachteln verstaut, wo sie auch bleiben werden. Die beiden Badezimmer wurden modernisiert. Die Wände im Haus bekamen ein neues Aussehen, grau und weiß anstatt Ocker. Die hohe Decke beim Eingangsbereich und Wohnzimmer wurde abgehängt und eine moderne Deckenbeleuchtung eingebaut. Es ist fast fertig. Die Decke muss noch gestrichen werden. Der Neuanstrich am Haus und der Garage sind, während ich in der Schweiz war, fast fertig geworden. Der Elektriker muss noch kommen und alle Schalter auswechseln. Dann ist mein Heim endlich fertig.

Am Nachmittag werde ich mit meiner Schwester nach Barbati an meinen Lieblingsstrand fahren. Will die Zeit mit ihr noch genießen, denn am Samstag kommen Abdel, ihr Lebenspartner und Marlène. Die Wohnung von Doris liegt am Anfang der Inselzunge Comeno, nur etwa 15 Min. von mir entfernt. So mein Lieber, genug für heute. Ich wünsche dir einen super Tag.

Übrigens, ich bin Single und lebe allein. Leider! Mein Leben im Schnellgang erfährst du in der nächsten Episode. Oh, so schön, die Sonne ist unterdessen aufgegangen und spiegelt sich auf dem Meer wie eine goldene Straße.

Pola filakia,

Baby

An Schlaf ist jetzt nicht mehr zu denken. Die Vögel zwitschern um die Wette. Ein neuer, sonniger, warmer Sommertag wartet auf sie. Bevor sie aus dem Bett springt, gleiten ihre Finger nochmals locker über das Keyboard.

20.6.2019, 6:36

Hey Stranger,

bestimmt dehnst und streckst du dich und bist langsam am Aufwachen. Ich habe gerade deine andere Mail beantwortet. Ein ganz großes Dankeschön, dass du mir dein Leben ausgebreitet hast. Deine Kindheit scheint nicht immer rosig gewesen zu sein. Trotz allem ist ein toller Mann aus dir geworden. Du hast dich gegen so viel Widrigkeiten durchkämpfen müssen, hast das Beste daraus gemacht und etwas im Leben erreicht. Hut ab!
Voller Begeisterung habe ich deine faszinierende Weltreise verfolgt. Ich freue mich jetzt schon, dich bei einem guten Essen auszuquetschen. Ich will alles über die Tour wissen. Deine Abenteuer, Anekdoten, einfach alles. Vielleicht finde ich eine alte Weltkarte, sonst gibt es auch Internet. Du machst noch immer viel Sport. Man sieht es dir auch an. Deine sexy Muskeln sind nicht zu übersehen. Hmmm …
Ups, meine Gedanken schweifen ab …

Also, wo war ich stehen geblieben? Ach ja, gut durchtrainierter Körper. Da beneide ich dich drum. Heute bereue ich es, dass ich nie diese mühsamen Sit-ups gemacht habe. Wollte mit Marlène einen Bikini kaufen und war gezwungen, der traurigen Wahrheit ins Gesicht zu schauen. Na ja, Einteiler können auch reizvoll sein, vor allem halten sie alles zusammen.

Also du Sportskanönli, ich wünsche dir einen wunderschönen Tag. Gönn dir was Gutes, auch wenn es nur ein aus-
giebiger Spaziergang mit dem Zwerg Shiro ist.

Filakia,

Baby

Mit geschlossenen Augen steht sie unter der Dusche und genießt
das lauwarme Wasser, das sanft über ihren Körper rieselt. Als sie
sich im Spiegel sieht, beugt sie leicht den Kopf nach hinten und
seift sich mit sanften, sinnlichen Bewegungen mit wohlriechen-
dem Duschgel ein. Plötzlich taucht sein Gesicht hinter ihr auf
und ihre Hände werden zu seinen. Ihr wird heiß. Das Blut pul-
siert heftig. Sie spürt ihre Erregung. Die Spannung im Körper
steigt. Bevor sie sich ihren sexuellen Fantasien ganz hingibt, öffnet
sie den kalten Wasserstrahl und lässt ihn hart über sich fließen.

Triefend nass steigt sie aus der Dusche und geht ins Schlafzimmer. Kritisch betrachtet sie sich im großen Wandspiegel.

Hmm … Die Brüste haben sich in den Wechseljahren vergrößert.
Wenn da nur die Schwerkraft nicht wäre. Die Haut am Hals und
an den Oberarmen könnte straffer sein.

Eigentlich sieht sie noch immer ganz passabel aus. Helles, kinnlanges Haar umrahmt ein feines Gesicht, aus dem 2 dunkelbraune
Augen voller Lebensfreude strahlen. Sie ist mittelgroß, sonnen-
gebräunt, hat immer noch eine schlanke Figur und tolle Beine.
Sie braucht sich wirklich nicht zu verstecken.

Ihre Haut ist noch feucht, als sie nackt auf dem Bett sitzt
und seine Mail liest.

Guten Morgen Baby,

danke für deine lieben Zeilen. Ist ein schönes Aufstehen mit einem Brief aus Korfu.

Ich wünsche dir einen sonnigen und erfüllten Tag,

Stranger

Sie hat keine Zeit, über seine dürftige Nachricht zu hirnen. Von draußen hört sie Autotüren zuknallen und das ungezwungene Geplänkel der Arbeiter. Flink schlüpft sie in ein langes, luftiges Baumwollkleid und öffnet den Jungs die Tür.

Laute griechische Musik schallt durch die Räume. Die Maler singen begeistert mit und legen einen Zahn zu. Der Elektriker ist heute mit seinem Gehilfen gekommen, denn sie wissen alle, dass ihr sehnlichst erwarteter Besuch schon fast vor der Tür steht.

Nachdem jeder mit frischem Kaffee versorgt ist, fühlt sie sich überflüssig und fährt zum Strand. WhatsApp-Nachrichten fliegen hin und her. Ihre Freundinnen Vanessa und Eileen wollen sich ihr anschließen und verabreden sich zum Lunch. Die drei Grazien verbringen einen vergnüglichen Nachmittag mit Schwimmen, Entspannen und natürlich Tratschen.

„Wird bei dir doch noch alles fertig, bevor Marlène kommt?" Eileen schaut sie neugierig an und nippt an ihrem Mojito.

„Ich denk schon. Die Arbeiter sind motiviert und geben ihr Bestes."

„Bist bestimmt froh, dass die Sanierung bald abgeschlossen ist und du endlich dein Heim genießen kannst. Ich freue mich jetzt schon auf das Ergebnis. Seit Wochen war keiner mehr bei dir."

Um das Strandfeeling an diesem schönen Sommernachmittag noch ein wenig auszudehnen, packen sie ihre Sachen zusammen und chillen an der Beach Bar. In dieser traumhaften Atmosphäre stoßen sie bei den neusten Sommerhits mit eisgekühltem Prosecco auf ihre Freundschaft, das Leben und den Umbau an.

Der Abendstern leuchtet schwach am Himmel, als sie gespannt die Haustür öffnet. Sie bemerkt sogleich, dass heute viel gearbeitet worden ist. Die Plastikabdeckung wurde entfernt und die Arbeiten sind, bis auf Kleinigkeiten, praktisch fertig. Sie tanzt glücklich durch das Wohnzimmer.

Die neue Deckenbeleuchtung ist fantastisch, einfach toll!

Aufmerksam sieht sie sich um und lässt alles auf sich einwirken. Sie probiert den modernen Lichtschalter im smarten Design aus. Die individuelle LED-Beleuchtung verleiht dem Raum ein stimmungsvolles Ambiente. Sie ist begeistert! Der neue Anstrich der Wände in Weiß und Grau harmoniert aufs Beste. Nun wird doch noch alles rechtzeitig zu Marlènes Ankunft fertig.

Mit dem PC setzt sie sich unter die Palme und schaut zur Venus, die am atemberaubenden Sternenhimmel besonders hell leuchtet. Nur der typische Ruf eines Waldkäuzchens durchbricht die Stille. Erwartungsvoll liest sie seine Nachricht.

20.6.2019, 22:29

Hey Baby,

ich habe erst jetzt deine Zeilen vom frühen Morgen gelesen! Wie schön du es hast. Hört sich traumhaft an mit deiner Aussicht aufs Meer. Bist du auch eine Lerche, ein Morgenmensch wie ich? Oder war das eine Ausnahme mit den tollen Nachtaktivitäten.
Ich bin todmüde. Die letzte Nacht hat ein Gewitter mit Blitz und Donner gewütet. Shiro bekommt immer Angst. Er hechelt wie verrückt, springt zu mir aufs Bett und drückt sich eng an mich. Danach ist nichts mehr mit Schlafen und Träumen.

Jetzt gehe ich aber ins Bett und grüße dich für heute zum letzten Mal.

Dicke Umarmung und Kuss

Ihr Schädel brummt, als sie aufwacht. Bestimmt hat sie gestern einen Cocktail zu viel getrunken. Während sie herzhaft gähnt, greift sie den PC, um ihm einen Morgengruß zu schreiben. An den Wochenenden hat er keine Zeit, die gehören seiner Lebensgefährtin.

21.6.2019, 5:59

Guten Morgen, du Lerche.

Ich hoffe, ihr habt beide gut geschlafen und seid wieder fit und munter nach der letzten stürmischen Nacht. Ich bin auch ein Morgenmensch und genieße fast jeden Tag den Sonnenaufgang. Finde das wunderschön. Ich muss nur meine Augen aufmachen, et voilà ... Mit jedem neuen Tag überrascht mich die Natur mit einem anderen wunderbaren Schauspiel. Langsam erwacht die Tierwelt und man hört ihre zaghaften Laute.
Aber ich kann auch ein kleiner Morgenmuffel sein. Bis ich wie eine Lerche jubiliere, braucht es ein bisschen Zeit. Liebe es im Bett rumzuhängen, zu frühstücken und Mails zu schreiben.
Aus Korfu die wunderbarsten Morgengrüße und Wünsche für einen superschönen Tag.

Filakia pola,

Baby

Der einlullende Gesang der Zikaden dringt durch die weit geöffnete Balkontür. Ein untrügliches Zeichen für einen besonders heißen Tag. Ihr nackter Unterleib ist nur mit einem leichten
Bettlaken bedeckt. Mit einem Lächeln im Gesicht, die Arme und
Beine von sich gestreckt, träumt sie mit offenen Augen vor sich
hin. Der Benachrichtigungston ihres Handys reißt sie schlagar-
tig aus dem Dämmerzustand; sie ist sofort hellwach.

21.6.2019, 7:03

Hey Baby,

deine geschriebenen „Frühstücke" sind köstlich. Herrlich!
Da komme ich gleich ins Zwitschern. Wäre gerne bei dir,
beim wohligen Strecken und Recken. Bei mir ruft der harte Alltag. Ich muss einen Terminplan schreiben. Ich werde
dich später wieder bemailen …

Liebe Grüße und einen schönen Sommertag auf deiner
coolen Insel,

Stranger

Heute muss sie sich unter anderem auch um liegengebliebenen
Schreibkram und diverse Rechnungen kümmern. Morgen hat
sie keine Zeit, da kommt Ermioni, ihre Perle, die ihr helfen wird,
die Villa durchzuputzen und alles für den Empfang ihres lieben
Gastes vorzubereiten. Obwohl sie fleißig ihrer Arbeit nachkommt,
behält sie die Inbox im Auge. Endlich …

Hey Baby,

mein Arbeitstag ist beendet. Wir feierten heute die bestandene Abschlussprüfung unserer Metallbauplanerin.

War mit den Hunden, dem meiner Partnerin, einer französischen Bulldogge und meinem, eine Stunde im kühlen Wald spazieren. Nun ruhe ich mich etwas aus und am Abend gehen wir ins Restaurant was Feines essen.

Ich hoffe, du hattest mit Doris einen schönen Tag. Wart Ihr Schwimmen?

Wie sieht es denn derzeit bei euch mit dem Tourismus aus? Mittlerweile werden Chinesen nebst den Russen bei Euch die Ferien verbringen, oder? In den schönsten Orten der Schweiz gibt es wegen dem Touristenansturm bereits Probleme.

Über das Wochenende wird es für mich wieder schwierig, Zeit fürs Schreiben zu finden.

Meinen Vater musste ich gestern für Untersuchungen mit Verdacht auf Hautkrebs ins Clara-Spital bringen. Ich werde ihn morgen besuchen.

Dir und Deiner Schwester wünsche ich einen lustigen und schönen Abend. Genießt einen leckeren Apéro bei toller Aussicht aufs Meer und denkt auch an uns arme Landratten!

Eine dicke Umarmung und Küsschen,

Stranger

Hey Stranger,

heute hatte ich Stubenarrest. Bekam Infos von meinem Verlag, wie ich mein Buch in den Medien noch besser bekanntmachen kann. Leider bin ich mit Computern keine Leuchte und tat mir sehr schwer damit. Saß den ganzen Nachmittag am PC und hab mich durch den Webseitensalat, FB und Instagram etc. durchgearbeitet. Muss jemand finden, der sich besser damit auskennt.

Der Tourismus kommt langsam in Schwung. Wir haben Russen und Chinesen, hauptsächlich aber Engländer! Das hat bestimmt etwas damit zu tun, dass England lange eine dominierende Macht im Mittelmeer war und auch Korfu besetzt hatte.

Im Hochsommer bin ich nie auf der Insel. Da wird mir alles zu viel. Zu warm, zu viele Touristen, keine Parkplätze, überfüllte Strände und der Verkehr, das reinste Chaos. – Von Fremden werden wir hauptsächlich überschwemmt, wenn diese fürchterlichen, riesengroßen Kreuzfahrtschiffe anlegen. Sie kommen leider nicht nacheinander, sondern oft legen zur gleichen Zeit 4-5 Schiffe an. Der Verkehr bricht dann an diesen Tagen zusammen, was heißt, die Einheimischen leiden fast die ganze Woche darunter.

Es tut mir leid für deinen Vater. Hoffentlich bestätigt sich die Prognose nicht. Ich wünsche ihm alles Gute.

Morgen Abend kommt Marlène. Ich freue mich riesig.

Dir wünsche ich ein schönes Dinner mit einem köstlichen, gekühlten Weißwein (oder ev. ein eisgekühltes Bier) und lass es dir am Wochenende gut gehen.

Big hug and kisses,

Baby

Am Samstagnachmittag ist alles für die Ankunft von Marlène vorbereitet. Im Gästezimmer steht auf einem zierlichen, runden antiken Tischchen eine Schale mit Früchten. Der Kühlschrank ist mit Eistee, Fetakäse, Tomaten und Gurken gefüllt. Marlène trinkt keinen Alkohol, deshalb hat sie für sich selbst eine Flasche ausgezeichneten, griechischen Rosé gekauft, um auf ihre gemeinsame Ferienwoche anzustoßen. Auch ihre Schwester ist im Vorbereitungsfieber, denn fast zur selben Zeit wie ihre Freundin landet auch Abdel im Ioannis-Kapodistrias-Flughafen.

Sie bedankt sich lebhaft bei Ermioni, dass sie heute ausnahmsweise Überstunden gemacht hat. Die Villa ist gründlich durchgeputzt worden, die Terrassen abgespritzt. Gartenmöbel aus Bambus, romantische Windlichter und Laternen wurden in eine Chill-Ecke verwandelt. Blumentöpfe mit weißen und lila Petunien vervollständigen die Deko.

Ein Blick auf die Uhr. Die Zeit ist knapp. Kurz entschlossen schnappt sie sich die Badetasche. Sie hat nur noch einen Gedanken, ins Meer zu springen und sich abkühlen. Erfrischt fährt sie nach Hause. Bevor sie ihre nassen Sachen zum Trocknen auf einen Ständer hängt, schaut sie nach, ob eine Nachricht von ihm eingetrudelt ist.

22.6.2019, 15:31

Hi Baby,

bin schon süchtig nach deinen Zeilen und freue mich täglich auf einen neuen Brief von dir.
Ich kann mir gut vorstellen, dass es für die Einheimischen trotz Geldsegen manchmal zu viel wird! Machst du toll, dies in der Hochsaison zu meiden. Wo steckst du in dieser Zeit? Ich mach's heute kurz, muss noch ins Spital zum Vater und mit den Hunden auf Tour.

Dir ein frohes Weekend. Küsschen und eine dicke Umarmung,

Stranger

22.6.2019, 18:40

Hey Stranger,

was für eine schöne Überraschung. Hatte nicht damit gerechnet, noch vor Montagmorgen von dir zu hören.
Komme soeben vom Schwimmen. Wie geht es deinem Vater? Sind die Resultate schlimm? Gut, dass du nicht allein bist und jemanden an deiner Seite hast. Wie heißt deine Partnerin eigentlich?
Marlène wird um 21:30 Uhr eintreffen. Jupieee! Muss unter die Dusche und mich zurechtmachen. Auf dem Weg zum Flughafen werde ich bei meinen Freunden Vanessa und Dino halten und mit ihnen zu Abend essen.
Im Hochsommer bin ich immer im schönen Helvetia und mache so manches Murmeli in den Bergen meschugge.
„Oh schau wie schön … Dort ist noch eines … Das gibt ein mega Foto, beweg dich nicht! … Mist, jetzt ist es in einem Loch verschwunden."
Sag mal, was hast du für Hobbys außer Schwimmen? Spielst du noch Wasserball?

Dir trotz Sorgen um deinen Vater ein schönes Wochenende.

Pola filakia,

Baby

Die Geschwister beobachten aufmerksam die bunte Schar Touristen, die aus dem Flughafen strömt. Ein Paar bleibt immer wieder stehen, knutscht sich ab und kann die Hände nicht voneinander lassen. Jäh tippt ihr jemand auf die Schultern. Sie dreht sich um und schaut in zwei strahlend blaue Augen. „Wo kommst du denn plötzlich her? Ich habe dich gar nicht kommen sehen!" Übermütig nimmt Marlène sie in die Arme. Auch Doris wird enthusiastisch begrüßt.

„Kein Wunder, du hast nur Augen für die beiden." Marlène lacht amüsiert und zeigt mit dem Kopf auf zwei knutschende Männer, die langsam, Arm in Arm an ihnen vorbeilaufen.

„Waaas? Nein! Das glaub ich jetzt nicht. Ich sollte doch besser meine Brille tragen."

Marlène ist mittelgroß und zierlich. Sie sticht mit ihren langen, geraden blonden Haaren und den großen blauen Augen in ihrem ebenmäßigen hübschen Gesicht aus der Masse. Zu den modischen Designer-Jeans trägt sie ein buntes T-Shirt. Über die Schultern hat sie lässig eine schwarze, kurze Lederjacke geworfen. Da Abdel erst in einer Stunde eintreffen wird, besteht Doris darauf, dass die zwei heimfahren.

Riesige, weiße Oleanderbüsche säumen den Eingang zur hellbeleuchteten Villa. Die Haustürüberdachung wird von violetter Blütenpracht der Bougainvillea fast erdrückt. Marlène ist glücklich, endlich wieder einige Tage bei ihrer Freundin verbringen zu können. Als sie langsam aus dem Auto steigt und sich umblickt, atmet sie tief die warme, milde Luft mit ihren geheimnisvollen Düften ein. Fasziniert hebt sie die Augen zum Himmel empor, der mit Milliarden von leuchtenden Sternen übersät ist.

„Wie einmalig schön das ist, beinahe unwirklich."

„Ich weiß. Man hat das Gefühl, wenn man die Arme ausstreckt, das ganze Universum berühren zu können, so nah sind die Sterne hier."

Marlène zieht ihren pinkfarbenen Koffer hinter sich her und folgt ihr ins Haus. Als sie das Licht anmacht, entschlüpft ihrer Freundin ein Laut des Entzückens. „Wow … Das ist genial. Du hast endlich schönes Licht!! Das sieht super aus."

Sie freut sich riesig, dass die Veränderung im Wohnbereich Marlène gefällt. „Komm, ich bring dich zuerst in dein Zimmer."

„Wie hübsch. Die weißen Wände lassen das Zimmer größer erscheinen. Ich liebe die neuen leichten Vorhänge und den dazu passenden Bettüberwurf mit den farblich abgestimmten Kissen."

„Die Türen vom Kleiderschrank wurden grau übermalt. Gefällt es dir?"

„Perfekt! Sehr geschmackvoll. Aber bevor ich auspacke, möchte ich den Rest sehen."

Voller Stolz führt sie ihre Freundin durch die Villa.

„Wow! Die Badezimmer sehen fantastisch aus! Modern und praktisch. Die Regendusche in deinem Bad, ein Traum! Auch das Gästebad in moderner Betonoptik und die dazu passenden Möbel und hübschen Accessoires liebe ich." Marlène ist von den Veränderungen begeistert. „Das Spiel mit den Nuancen der Farben an den Wänden, dieses Grau und Weiß, wunderschön."

Der Ruf eines Waldkäuzchens, das irgendwo in der Nähe auf einer Zypresse sitzt, durchbricht die Dunkelheit der Nacht. Sanftes Kerzenlicht taucht die Terrasse an diesem lauen Sommerabend in eine stimmungsvolle Atmosphäre. Die Freundinnen sitzen in bequemen, alten Bambussesseln und unterhalten sich leise. – Ihn und den regen Mail-Austausch erwähnt sie aber nicht!

23.6.2019, 7:24

Guten Morgen Stranger,

trotz Wochenendalarm will ich dir deine neu entdeckte Sucht nach meinen morgendlichen Zeilen nicht vorenthalten. Hier kommt ein kurzer Sonntagsgruß.

Marlènes Flug hatte 15 Min. Verspätung und landete erst kurz vor 22:00 Uhr. Zwischen den herausstürmenden Touristen begrüßte sich ein Paar mit voller Hingabe. Ich war schon ein bisschen eifersüchtig. Ihre Lippen lösten sich dabei keinen Moment. Ich starrte sie wie ein Ölgötze an. Auf einmal berührte mich jemand an der Schulter. Ich drehte mich um und schaute in zwei hellblaue Augen, die mir amüsiert zuzwinkerten. „Also hör mal, noch auffälliger kannst du die beiden wirklich nicht mehr angaffen. Mich siehst du ja gar nicht mehr." Es war Marlène, die sich über mich lustig machte. Erst als die beiden an uns vorbeiliefen, bemerkt ich, dass es sich um zwei junge Männer handelte!

Meine Schwester bestand darauf, allein auf Abdel zu warten, so verabschiedeten wir uns bald von ihr.

Zu Hause bestaunte Marlène zuerst alle Veränderungen. Danach aßen wir bei Kerzenlicht auf der Terrasse eine saftige Wassermelone. Nach Mitternacht fiel sie vor Müdigkeit fast vom Sessel.

Also einen wunderschönen Sonntag und ich freu mich auf morgen. Vielleicht erhalte ich heute eine kleine Überraschung.

Big hug and kisses,

Baby

Marlène hat bereits ein köstliches Schlemmer-Frühstück auf dem Serviertablett angerichtet, als sie mit einem leichten T-Shirt bekleidet, barfuß die Treppe herunterspringt.

„Hey guten Morgen … Hast du gut geschlafen?"

„Wie ein Baby. Aber nun hab ich einen Mordshunger."

Auf der Westseite der Villa ist es am Morgen kühl und schattig, der ideale Frühstücksplatz. Ihr Gesprächsthema dreht sich hauptsächlich um die Metamorphose, die ihr Heim durchgemacht hat. Wenn das Tageslicht die Innenräume durchflutet, kommt das Spiel mit den Nuancen der grauen und weißen Farben an den Wänden am besten zur Geltung.

„Das Resultat kann sich sehen lassen. Das ganze Haus erstrahlt in einer schlichten Eleganz, ist viel frischer und moderner. Ich liebe es. Hast du vor, auch den Eingangsbereich zu verschönern?"

Während die beiden enthusiastisch über neue Ideen und Natursteinplatten diskutieren, füllt sie frischen Kaffee nach. Wieder eine Entschuldigung, um nicht über ihre Herzensangelegenheit zu sprechen.

Am Strand von Barbati springen sie übermütig ins kristallklare Wasser. Marlène hat das Meer vermisst. Dieses ganze sorglose Strandambiente mit Musik, Bar, Restaurant, frischen Säften und der Geruch von Sonnencreme. Die Badenixen schwimmen die Küste entlang. Ihr fröhliches Kichern und pausenlose Geplapper verstummt auch im Wasser nicht. Später sitzen sie, während kleine schäumende Wellen ihre Füße umspielen, nebeneinander am Ufer und genießen die warmen Sonnenstrahlen. Sie dürfen die Zeit nicht vergessen, denn am späten Nachmittag sind sie zu einer Pool-Party eingeladen.

Sie wählt ein langes,, weißes Trägerkleid mit pastellfarbenen Stickereien am Dekolleté. Dazu einen passenden Hut und Sandalen mit Swarovski-Steinen. Sie freut sich riesig auf die Abwechslung. Ein Blick auf die Uhr bestätigt ihr, dass sie bereits spät dran sind. Als Marlène endlich aus ihrem Zimmer kommt, steckt diese immer noch in Shorts.

„Sauer, wenn ich nicht mitkomme?", fragt sie etwas verlegen.

„Sicher nicht. Aber ich will dich hier auch nicht allein lassen."

„Ich bin nicht in Partystimmung. Ich kenne kaum jemanden. Aber ich hätte Lust, etwas Neues auszuprobieren und in der Hängematte unter dem Sternenhimmel zu schlafen."

„Die Mücken werden ein Festmahl haben", witzelt sie und umarmt Marlène zum Abschied herzlich.

Die Aussicht von der Villa ihrer Freunde über das Meer bis hin zur hellbeleuchteten Stadt ist atemberaubend. Die Party ist in vollem Gang, die Atmosphäre großartig, alle amüsieren sich und haben Spaß. Der Prosecco fließt in Strömen und auch für Stärkung ist ausreichend gesorgt.

Sie lehnt etwas abseits vom ganzen Trubel am Poolgeländer und blickt träumerisch über das Meer, welches mit der Dunkelheit der Nacht verschmilzt. Verzaubert hebt sie den Blick zum funkelnden Sternenhimmel. Der romantischen Stimmung erlegen schließt sie die Augen. Sie fühlt weiche Lippen, die zärtlich über ihre Schultern gleiten. Eine Hand hält sanft ihren Nacken, sodass sie ihren Kopf leicht nach hinten biegt. Ein leises Lächeln erscheint auf ihrem Gesicht, als die Lippen weiter ihren Hals hinauf gleiten und ihren Mund finden. Ungewollt entwischt ihr ein Seufzer. Bevor sie jemand mit unbequemen Fragen bombardiert, geht sie zurück und versucht, beim ausgelassenen Tanzen ihre ungestillte Sehnsucht zu vergessen.

Kurz vor Mitternacht öffnet sie vorsichtig die Haustür und schleicht die Treppe zu ihrem Zimmer hinauf. Die Balkontüren stehen weit offen. Sie schiebt das Fliegengitter zur Seite und schreitet hinaus. Sie ist erleichtert, als sie die leere Hängematte sieht und folgert, dass ihre Freundin sich hoffentlich rechtzeitig vor den Mückenattacken in Sicherheit gebracht hat. Nach dem Duschen schnappt sie sich den PC und öffnet gespannt die Mail-Box.

24.6.2019, 21:25

Hey Baby,

endlich Feierabend. Musste noch kurz ins Clara Spital, um aus erster Hand den Stand der Dinge bei meinem Vater zu erfahren. Grundsätzlich hat er schon mal keinen Hautkrebs, er muss aber irgendwo im Körper einen Tumor haben, der streut. Die Ärzte sind jetzt mit allen technischen Möglichkeiten daran, den Herd zu finden. Sonst geht es ihm im Moment gut. Er muss aber bis Ende der Woche noch im Spital bleiben.

Baby, wenn ich so deine Bilder und Berichte erhalte, habe ich das Gefühl, du hast immer nur Highlife mit Freundinnen und Besuchen. Muss schön sein, spitze!

Da komme ich mir mit meinem Arbeits-Bünzli-Dasein, schon etwas komisch vor.

Nun aber weiter aus meinem Leben.

Zurück in Basel. Im Jahr 1981, verabredete ich mich mit Franz in der Rio-Bar zu einem Bier.

Da traf ich dann schicksalhaft auf Vera, in welche ich mich sogleich verliebte. Sie war verheiratet, 10 Jahre älter als ich und lebte getrennt zusammen mit ihrer 16-jährigen Tochter in Birsfelden. Ihr Sohn ging aufs Gymnasium und lebte bei seinem Vater. Das große Unglück war, sie hatte bereits seit Jahren Depressionen und Ängste.

Ich war sehr naiv und dachte, dass die Krankheit mit viel Zuneigung und Hilfe geheilt werden könnte. Es wurde aber nur wenige Monate im Jahr besser, dann war sie ein anderer Mensch. Wir hatten schöne Zeiten, aber leider immer zu kurz. Meine Familie hat mir keine Unterstützung gegeben und sich eher abgewendet, weil der Umgang mit Vera schwierig war. Sie war egoistisch und egozentrisch. Bald blieben die Freunde aus und ich unterwarf mich immer mehr ihrem Diktat. Es kam auch zu Selbstmorddrohungen, als ich mir Freiheiten herausnehmen wollte. Und trotzdem blieb ich bei ihr.

Ich holte mir die Kraft in meiner Arbeit im Geschäft, das immer besser lief. 1989 konnte ich mir günstig ein Haus in Allschwil kaufen. Wir zogen ein und heirateten ein Jahr später in Las Vegas, weit weg von der Familie. Verrückt, nicht?

3. Teil folgt später …

Bei uns herrscht bereits Hochsommerhitze. Es soll diese Woche bis 39° heiß werden!

Ich gehe jetzt noch etwas ans kühle Bächlein mit dem Zwerg.

Küsschen und eine dicke Umarmung,

Stranger

Unterdessen ist sie hellwach. Einerseits freut sie sich über sein Vertrauen, ihr sein Leben zu enthüllen, andererseits bedrückt sie seine Geschichte.

Da trifft er auf seine große Liebe; und anstatt Glück erlebt er Leid und Hoffnungslosigkeit. Er muss seine kranke Frau wahnsinnig geliebt haben, dass er es so viele Jahre mit ihr ausgehalten hat. Dabei hat er in Kauf genommen, seine Freunde und Familie zu verlieren. Wie einsam und innerlich leer muss er sich in dieser Zeit gefühlt haben. Ich hoffe nur, dass er in seiner jetzigen Lebensgefährtin ein neues Glück gefunden hat.

Eigentlich wollte sie ihm in aller Ruhe am Morgen schreiben. Aber sie ist viel zu aufgewühlt, um jetzt an Schlafen zu denken.

25.6.2019, 00:23

Hey Stranger,

danke, dass du mich über deinen Vater auf dem Laufenden hältst. Wenigstens ist es kein Hautkrebs. Meine Haare stehen jedes Mal zu Berg, wenn ich das Wort Krebs nur höre. Hoffentlich finden die Ärzte den Tumor bald und können dagegen ankämpfen.
Du brauchst dir keinen Kopf zu machen, weil du arbeiten musst. Im Gegenteil, sei stolz darauf! Du kreierst jeden Tag etwas Schönes für die Menschen. Das ist doch genial. Du verdienst dabei gut, bist auf niemanden angewiesen und die Arbeit lenkt dich von deinen Sorgen ab. Du wirst schon merken, wenn der richtige Zeitpunkt kommt, um kürzerzutreten. Mehr Zeit für dich zu haben, dich mehr um deine Hobbys und Träume zu kümmern.
Ja, mir geht es gut. Musste lange dafür kämpfen. Heute genieße ich mein Leben und freue mich auf jeden neuen Tag. Ich hatte trotz allem Leid auch viel Glück. Noch heute

bin ich überzeugt, dass mein Mann George (oder in Griechisch Jorgo), mir von der anderen Seite aus geholfen hat. Denn 9 Monate nach seinem Tod, genau an seinem Geburtstag, erhielt ich einen Brief von einem Rechtsanwalt. Ob ich interessiert sei, das Geschäft zu verkaufen, er hätte einen Interessenten. Kannst dir vorstellen, in was für einem Gefühlschaos ich mich befunden hatte. Ich war verunsichert und auch sehr traurig, unser gemeinsames Lebenswerk abzugeben. Aber die Vorstellung, dass ich mich nicht mehr allein um alles zu kümmern brauchte, dass ein anderer die Verantwortung übernimmt, war einfach eine enorme Erleichterung für mich. Während ich dann mit meiner Schwester auf dem Jakobsweg pilgerte, wurden die Verträge vorbereitet und bei meiner Rückkehr unterschrieben. Ich erzielte einen guten Preis und mit 56 Jahren musste ich nicht mehr arbeiten. Dafür hatte mich Jahrelang die Trauer fest in ihren Krallen. Es kann ganz schön hart sein, wenn man plötzlich keine Aufgabe, keine Verantwortung mehr hat. Nicht weiß, warum man am Morgen aufstehen soll. – Deswegen rede nie mehr von „Arbeits-Bünzli-Dasein!"

Sorry, bin wieder mal abgeschweift.

Im Frühjahr 1981, landeten George und ich, nachdem wir uns auf der Insel Hydra kennengelernt hatten, in Korfu und fanden Arbeit in einem Pelzgeschäft. Bereits zwei Monate später eröffneten wir zusammen mit unserem korfiotischen Partner eine Boutique im Wallis in Crans-Montana. Schon seltsam, dass auch für mich 1981, zum Schicksalsjahr wurde!

Deine ganze Liebes-Leidensgeschichte mit Vera tut mir von Herzen weh. So viele Jahre, ein halbes Leben die meiste Zeit unglücklich gewesen zu sein, das geht an niemandem spurlos vorbei.

Deine fatalen Entscheidungen sind für mich wirklich verrückt! Aber ich komme auch nicht umhin, mich zu fragen: „WARUM?" Warum wurde gerade dir dieses harte Schicksal auferlegt? Warum konntest du dich nicht in eine Frau in deinem Alter verlieben und mit ihr ein glückliches Leben führen? Warum musstest gerade du die Säule für Vera sein und selbst dabei fast zerbrechen? Darauf wirst du nie eine zufriedenstellende Antwort erhalten. Das Leben ist und bleibt ein Mysterium, leider nicht immer ein schönes. Bin gespannt, wie es weitergeht …

Bestimmt bist du mit deinem Zwergli vom Abendspaziergang zurück und ihr schlaft tief und fest. Auch mir fallen die Augen zu nach dem durchtanzten Abend.

Wünsche dir angenehme Träume.

Big hug and a tender kiss,

Baby

Am Strand, im Restaurant, wo immer sie sich gerade aufhalten, checkt sie pausenlos ihr Handy. Auf Marlène wirkt ihr auffälliges Verhalten sehr verdächtig. Neugierig, was ihre Freundin vor ihr verheimlicht, bemerkt sie spöttisch: „Die Nachrichten müssen enorm wichtig sein. Was ist los? Seit gestern bist du angespannt und äußerst nervös. Hat das etwa immer noch mit dem rätselhaften Kuss zu tun?"

„Oh, es ist nichts. Eventuell will eines der Mädels zu uns stoßen und weiß nicht genau, wo wir sind", erwidert sie wenig überzeugend. Sie kann den durchdringenden blauen Augen nicht standhalten und sucht die Sonnencreme in ihrer Strandtasche.

Marlène hat recht. Ich benehme mich wie eine Idiotin.

Kurz entschlossen schaltet sie ihr Handy aus. Die beiden Grazien verbringen einen wunderschönen, harmonischen Nachmittag mit Schwimmen, anregenden Diskussionen und einer großen Portion Eis.

Langsam wird es dunkel. Die ersten Sterne leuchten am Himmel. Während Marlène mit flinken Händen ein leichtes Mahl zubereitet, zündet sie auf der Terrasse die Windlichter an und deckt den Tisch. In der Ferne hört man den regelmäßigen Ruf des Käuzchens, ansonsten ist es still. Später sitzen sie unter der großen Palme, zwischen ihnen das alte Backgammonbrett.

„Finden wir heraus, ob du mich schlagen kannst", wird sie mit einem schelmischen Lächeln herausgefordert. Um Mitternacht lässt Marlènes Kampfgeist endlich nach. Ihre Augen werden schwer und sie fängt herzhaft an zu gähnen. „Ok, lass uns morgen weitermachen. Es ist aber noch nichts entschieden!"

Sie lacht herzhaft los. Ihre liebe Freundin ist und bleibt eine schlechte Verliererin.

„Komm gehen wir schlafen."

Wenig später sitzt sie in einem luftigen Top mit schmalen Trägern auf dem Bett und öffnet den PC.

25.6.2019, 07:27

Good morning Baby,

danke für deine einfühlsamen Zeilen.
Deine Geschichte konnte ich teilweise beim Lesen aus deinem Buch vom Jakobsweg erfahren. Bin bei Seite 95.
Der harte Schicksalsschlag, die Krankheit und der Tod von Jorgo, muss dich extrem tief heruntergezogen haben …
Wolltet ihr keine Kinder?
Ich hatte Angst, mit Vera eine Familie zu gründen, denn ihr Zustand war meistens untragbar. Es gab dann eine Zeit, in der ich die verpasste Chance, Kinder zu haben, bereute und bei mir starke Zweifel aufkamen.
Dein Blasen-Problem auf eurem Trip durch Spanien kann ich gut nachvollziehen! Auf der Tour im Grand Canyon auf dem Bright Angel Trail zum Colorado-River und den steileren Kaibab Pfad wieder hoch, (eine 2 Tagestour, die wir in

einem Tag machten), bekam ich insgesamt siebzehn Blasen an den Füßen! Ich hatte keine Wanderschuhe und kaufte mir für 5 Dollar Occasions-US-Militärschuhe, die aber noch keiner getragen hatte! War eine ganz schlechte Idee. Nun Baby, schreibe am Donnerstag noch etwas, heute und Morgen ist wieder Hedi-Abend.

Ich wünsche dir einen entspannten Sommertag mit vielen aufregenden Momenten,

Stranger

Eine angenehme Brise weht durch die weit geöffneten Balkontüren. Als die ersten Sonnenstrahlen ihre Augen kitzeln, blinzelt sie heftig und dreht sich gähnend auf die andere Seite. Sie sieht den immer noch offenen PC neben sich und ist sofort hellwach. Entspannt lehnt sie am Bettkopfteil und liest amüsiert nochmals den Abschnitt mit seinen vielen Blasen.

26.6.2019, 6:39

Herzliche Morgengrüße aus Poulades.

Was haben du und Hedi gestern Aufregendes unternommen? Hast du schon einen Plan, wie du sie heute überraschen willst? Ich darf so etwas fragen oder ist es für dich zu indiskret? Nein, in unserer speziellen Brieffreundschaft sollte es keine Tabus geben. Ich mein natürlich nicht alles! Habt ihr dieselben Hobbys? Seid ihr beide sportlich aktiv oder genießt ihr lieber die Zweisamkeit auf dem Kanapee? Jorgo und ich hätten gerne Kinder gehabt. Irgendwie verpassten wir aber den richtigen Zeitpunkt. Bestimmt hatte dies auch etwas mit unserem Lifestyle zu tun. Zwischen der Schweiz und Griechenland hin und her zu pendeln, wäre für Kinder nicht ideal gewesen. Wir hätten uns entscheiden müssen, wo wir schlussendlich leben wollten. Das hört sich jetzt kitschig an, aber wir funktionierten als eine Einheit. Deswegen war es für uns nicht so tragisch, dass sich keine Kinder einstellten. Die Ärzte meinten zwar, dass ein kleiner Eingriff helfen würde, aber garantieren könnten sie nichts. Da mein Mann schreckliche Angst hatte, mich eventuell durch eine OP zu verlieren, haben wir von künstlicher Befruchtung und anderen Arten, eine Schwangerschaft zu erzwingen, abgesehen. Wir hatten ja uns, das war ok.

Ich musste laut auflachen, als ich deine Episode mit den 5 Dollar Occasion-Militärschuhen las. Werde ich noch etwas von diesem Funken in dir finden?

Ich wünsche dir einen erfolgreichen Tag. Vielleicht hast du heute Zeit zum Schwimmen.

Hugs and kisses,

Baby

Heute fahren sie bei wunderschönem Wetter zur Abwechslung mal an die Nordwestküste. Marlène in ihrem kurzen weißen Spitzenrock und verwaschenem Top ist ein echter Hingucker. Locker hat sie einen weißen Baumwollpulli über ihre Schultern gelegt. Auch *sie* kann sich sehen lassen. Ein weißes, langes Trägerkleid, welches ihre ebenmäßige Bräune gut zur Geltung bringt, bisschen Lipgloss, trendige Sonnenbrille und ein großer, weißer Hut vervollständigen ihren Beachlook.

Auf dem Weg zeigt sich die Natur von ihrer schönsten Seite. Mächtige weiße und rosarote Oleander säumen oft die Seiten der Straßen und bringen etwas Farbe zwischen all die Olivenbäume und das Dunkelgrün der Zypressen.

Arillas ist ein ruhiger Ferienort mit einigen Pensionen, diversen Cafés und Tavernen. Ein kilometerlanger, schmaler Sandstrand mit blauen Liegestühlen und Sonnenschirmen breitet sich vor ihnen aus.

„Ist das schön hier!" Während Marlène tief die frische salzige Luft einatmet, schweifen ihre Blicke begeistert über das offene Meer. „Was ist das für eine Insel dort drüben?"

Vertraulich legt sie den Arm auf die Schultern ihrer Freundin. „Das ist Erikousa. Vor Jahren fuhren George und ich mal mit dem Motorboot hinüber. Auf diesem paradiesischen Felsenbrocken leben etwa 150 Personen. Etwas weiter nördlich gibt es noch zwei andere kleine Inselchen, Othoni und Mathraki, die auch bewohnt sind."

Vergnügt rennen sie zu einem noch freien Beduinenzelt und lassen sich ausgelassen auf die fliederfarbenen Matratzen und Kissen fallen. Zwischen den Liegen steht ein kleiner Holztisch mit einem Kübel Eis und einer Flasche Wasser. – Einfach himmlisch gemacht für Prinzessinnen!

Mit Hut und gut eingerieben mit Sonnencreme schlendern die Badenixen den langgezogenen traumhaft schönen Sandstrand entlang. Unterdrücktes Kichern ertönt, als beide versuchen, so natürlich als möglich an einigen nackten Sonnenanbetern vorbeizulaufen.

Am Ende der Bucht gibt es nur sie beide, feinen Sand und das glasklare, grenzenlose ruhige Meer. Wasser spritzt, als sie mit langen Sprüngen in das hier sehr flache Meer rennt. Außer Atem dreht sie sich nach Marlène um.

„Warum kommst du nicht? Es ist himmlisch!"

„Ich will nicht den ganzen Weg im nassen Bikini zurücklaufen müssen."

Etwas befremdet kommt sie langsam zurück. Dann aber schaut sie ihre Freundin mit einem verschmitzten Lächeln herausfordernd an. „Hey sind wir hier unter Nudisten oder nicht?" Sekunden später rennen sie jauchzend splitternackt ins herrlich kühle Nass und liefern sich ausgelassen eine wilde Wasserschlacht. So viel Spaß hatten beide schon lange nicht mehr.

„Wie unbeschreiblich sich das anfühlt!", schreit Marlène übermütig.

Auch sie genießt das Nacktbaden, dieses unglaubliche Gefühl von purer Freiheit.

Zurück im Beduinenzelt vertieft sich Marlène in ein Buch, während sie mit geschlossenen Augen dem sanften Plätschern der Wellen lauscht und binnen Kurzem in ihre romantische Traumwelt abtaucht.

„Ist hier noch frei?"

Sie dreht leicht den Kopf. Die angenehme Stimme gehört einem attraktiven, gut gebauten Mann, der sie aus unschuldigen Augen anlächelt. Sie bringt kein Wort über ihre Lippen und nickt nur kurz mit dem Kopf. Seine Nähe macht sie unruhig.

„Soll ich Sie eincremen, Sie werden nämlich langsam rot."

Sie zögert einen Augenblick, bevor sie mit einer Hand auf ihre Tasche deutet. Er nimmt dies als Einladung an und findet schnell die Sonnencreme. Er drückt von der Emulsion etwas in seine Hand. Mit langsamen, gleichmäßigen Bewegungen massiert er ihren Rücken und die Beine.

„Ich werde jetzt deinen ganzen Körper massieren", flüstert er ihr ins Ohr.

Sie muss sich zusammenreißen, um nicht leise zu stöhnen. Ohne die Augen zu öffnen, dreht sie sich um. Während er ihr den Nacken küsst, streichelt er ihr sanft die Innenseite der Oberschenkel. Sie zittert, als sie leicht ihre Beine spreizt und seine Hand spürt, die unter ihr Bikinihöschen gleitet.

„Eigentlich hätte ich dich jetzt filmen sollen, um deinen Gesichtsausdruck festzuhalten. Das muss ja ein ausgesprochen heißer Traum gewesen sein." Sie wird durch Marlènes spöttische Stimme aus ihrer erotischen Träumerei gerissen. Mit hochrotem Kopf macht sie sich an ihrer Strandtasche zu schaffen. Um ihre Verlegenheit zu vertuschen, springt sie hoch und schreit übermütig: „Der Letzte im Wasser ist ein Frosch." Lachend rennt Marlène ihr hinterher.

Zum Abendessen treffen sie sich mit Despina und Spiro in der Stadt und verbringen mit ihnen einen unterhaltsamen Abend. Erst als sie weit nach Mitternacht im Bett liegt, kommt sie dazu, seine Mail zu lesen.

Hi Baby,

deine Zeilen sind wieder erfrischend. Herzlichen Dank dafür. Nun, Hedi und ich haben durchaus gemeinsame Interessen. Gestern gingen wir bei 33° Hitze nach Feierabend im Wald für ca. 40 Min. joggen! Wir haben beide einen Hund und da ergeben sich Spaziergänge und Wanderungen von selbst. Wir sind beide Naturliebhaber.

Sie kocht gerne und gut. Ich helfe dabei und wir genießen dann beim Essen einen feinen, italienischen Rotwein. Sie hat einen netten Freundeskreis, da sind wir oft eingeladen und laden selbst ein. Bis auf die Eifersuchtsprobleme ist eigentlich alles gut. Sie spürt bereits, dass wir zusammen vertieft schreiben. Sie ist schnell verletzt und hat Zweifel. Wenn sie wüsste, dass du mir beispielsweise „tender kisses" sendest (was mich natürlich gleich in Wallungen bringt), das gäbe einen dreitägigen Krieg. Minimum!

Heute Abend werde ich den Rasen bei ihr mähen, mit den Hunden laufen gehen und anschließend ein Steak auf den Grill werfen.

Jetzt muss ich schnell zu einem Kunden (Mittagszeit 12:30). Ich schreibe später weiter ...

Küsschen,

Stranger

Ich würde auch ausflippen, wenn ich wüsste, dass mein Partner einen regen Briefverkehr mit einer anderen Frau führt. Ich frage mich nur, warum er das tut? Ist seine Beziehung doch nicht so fest? Benutzt er unseren Briefverkehr, um gerade dies herauszufinden? Oder hat er beim Klassentreffen auch gespürt, dass etwas zwischen uns ist, sich etwas Wunderbares entwickeln könnte, wenn wir es zulassen. Hat er mich deswegen geküsst?

Zum Glück weiß er nicht, wie sehr mir dieses prickelnde Spiel Spaß macht, erregend ist, mich vibrieren und träumen lässt. Natürlich wäre es schön, wenn ich alle angestauten Gefühle ausleben könnte. Aber für ihn ist das mit uns bestimmt nur ein aufregender Zeitvertreib.

Sie ist beeindruckt, als er ihr in einer kurzen Mail anvertraut, dass er vor 3 Jahren mit Malen angefangen und später sogar auch mit Modezeichnen begonnen hat. Im Anhang schickt er ihr einige seiner Acrylzeichnungen, hauptsächlich Porträts. Er hat durchaus ein gewisses Talent.

26.6.2019, 13:44

Hi Baby,

ich werde bestimmt nie zum Vincent Van Gogh. Bin aber etwa gleich verrückt! Das Zeichnen macht mir Spaß und ist für mich Ablenkung und Therapie zugleich.
Der Termin über Mittag war für die Füchse. Die Bauherrin hatte keine Zeit, nach Hause zu kommen! Bin wieder im klimatisierten Büro und muss Offerten und Rechnungen schreiben. Heute soll es draußen schwüle 30° heiß werden.
Schade, dass sich euer Kinderwunsch nicht erfüllt hat. Du wärst bestimmt eine liebe und einfühlsame Mami geworden. Ich denke, es gibt einem auch einen Halt im Leben. Aber du hast deine Schwester und liebe Freundinnen. Ihr tragt euch gegenseitig und seid füreinander da. Ganz toll!

Werde gerade wieder mit Telefonaten und Arbeit einge-
deckt. Ich wünsche dir einen schönen Nachmittag Baby.
Große Wellen und viel Spaß beim Baden. Trinke bitte einen Ouzo auf mich!

Zarter Kuss,

Stranger

Mit einigen geübten Handgriffen wickelt sie ein farbiges Tuch
um ihre Hüften und setzt sich mit dem PC auf den Balkon ihres Schlafzimmers. Es wird heller und heller, die Farben lösen
sich auf, ein neuer heißer Sommertag erwacht. Das gleichmäßi-
ge Zirpen der Grillen dringt zittrig durch die Stille des frühen
Morgens. Sie beobachtet, wie ein Passagierschiff aus Italien langsam an der Küste vorbeizieht.

27.6.2019, 6:28

Good morning Stranger,

ich liebe es, stückweise von dir Neues zu entdecken. Dass
du dich wie eine Artischocke entblätterst und mir langsam
einen kleinen Blick in dein Innerstes gewährst. Mir ver-
traust und mir die Chance gibst, dich auf diesem Weg ein
wenig kennenzulernen.
Vor einem Monat hätte keiner daran gedacht, dass wir in
eine so intensive Brieffreundschaft hineinrutschen würden.
Ich finde es super, wie frei wir miteinander umgehen. Vielleicht freier, als wenn wir uns in einer Bar oder einem Restaurant gegenübersitzen würden. Schon krass …
Unvorstellbar für mich, dass es so einfach sein würde, einem Fremden sein Herz zu öffnen. Ihm zu vertrauen. Zu
schreiben, was einem gerade durch den Kopf geht, was man

fühlt, macht, was man gerne tun würde, etc. Es ist nicht nötig, dem andern etwas vorzuspielen. Gleichzeitig fühlt es sich an wie ein Loslassen des Alten.

Bevor du über meinen philosophischen Erkenntnissen wieder einschläfst und zu spät zur Arbeit kommst, hör ich lieber auf. Ein kurzer, neugieriger Gedankenblitz: Hast du ein Lieblingsgericht? Was kannst du absolut nicht an einer Frau oder einem Mann ertragen?

Ich wünsche dir einen super Tag. Zum Glück habt ihr eine Klimaanlage im Büro, bei euren Außentemperaturen werdet ihr langsam garen. Hier sind es nur 34° – 36°; und das Meer für eine Abkühlung ist nicht weit weg!

Pola filakia,

Baby

Um Marlène nicht zu wecken, schleicht sie auf nackten Solen hinunter in die Küche und holt sich eine Flasche Orangensaft aus dem Kühlschrank. Durstig trinkt sie einige Schluck und setzt sich wieder auf die Mauer vom Balkon. Mittlerweile hat die Sonne an Kraft gewonnen und strahlt von einem wolkenlosen Himmel. Locker schreibt sie ihm eine zweite Mail.

27.6.2019, 7:11

Hi Stranger,

ich habe mich gestern sehr über deine Mails gefreut. Ich weiß, wie beschäftigt du bist.

Super, dass Hedi und du bei gemeinsamen Aktivitäten viel Zeit miteinander verbringt. Das ist wichtig für eine gute Partnerschaft. Das verbindet. Das i-Tüpfelchen ist natürlich, dass sie in der Küche gut ist und ihr zusammen herrliche Gerichte kreiert. Hab gehört, dass gemeinsames Kochen das Sexleben würzt! Leider kann ich da nicht mithalten. Ich esse gern gut, schau bei einem Glas Wein aber lieber zu. Meine Kochkünste sind eher limitiert, zudem macht Kochen allein auch keinen Spaß. Also kulinarisch verwöhnen könnte ich dich nicht.

Nun zu meinem Ausrutscher … Ich will nicht, dass ich der Grund zu einem 3-tägigen Krieg bin! Ernsthaft, es tut mir leid. Meine Finger waren mal wieder zu schnell, ich habe mir wirklich nichts dabei gedacht … Ihr habt eine schöne Beziehung, du bist glücklich …

Werde später beim Ouzo an dich denken.

Baby

Sie muss vorsichtiger sein, was sie schreibt. Sie will nicht, dass er ihre geheimsten Gedanken, die ihn betreffen, kennt. Sein Leben ist kompliziert genug. Eine Frau, von der er sich nicht scheiden lassen will, weil er sich ihr gegenüber verantwortlich fühlt. Eine Lebensgefährtin und noch eine, mit der er einen intensiven Mail-Kontakt pflegt. Auch für einen Mann ohne psychische Probleme ist das viel Druck. Nachdem klärenden Mail fühlt sie sich frei und freut sich, den Tag mit Marlène noch einmal im Nordwesten der Insel zu verbringen.

Der 3 Kilometer lange Sandstrand von Agios Georgios Pagi, in Form eines Hufeisens wird von zwei Hügel umschlossen. Sportlich geht in dieser traumhaft schönen Bucht viel ab. Die weißen Segel der kleinen Katamarane und Surfbretter leuchten in der Sonne. Andere strampeln lieber auf den Pedalos um die Wette. Marlène ist ganz aus dem Häuschen.

Sie schwimmen in diesem unglaublich türkisfarbenen Wasser, vergnügen sich mit Stand-up-Paddling oder Faulenzen. In der pittoresken Bucht mit Blick auf den Strand und das Meer genießen sie in einer Taverne gegrillten Oktopus und Calamares. Sie kann dem Drang, diesen romantischen Ort mit ihm zu teilen, nicht widerstehen und sendet per WhatsApp einige Fotos. Und wieder verpasst sie einen perfekten Moment, Marlène ihr Geheimnis anzuvertrauen. Über ihre vernunftwidrigen Gefühle, denen sie hilflos ausgeliefert ist, zu reden.

Als die Badenixen ausgestreckt auf ihren Strandbetten liegen, träumt sie von weichen Lippen auf ihrer heißen von Sonne getränkten Haut. Aber lange kann sie sich diesem Genuss nicht hingeben. Marlène zupft sie aufgeregt am Arm und zeigt mit dem Finger in den Himmel.

„Wie wär's damit?"

Noch etwas groggy schaut sie in zwei blaue Augen, die vor Unternehmungslust leuchten.

„Was meinst du?"

„Ich hab eine Scheißangst. Will es aber unbedingt versuchen und auch wie die dort oben in der Luft schweben. Komm jetzt, steh endlich auf."

Kurze Zeit später, nachdem der Lehrer die beiden gut vorbereitet hat, hängen sie jauchzend im Gleitschirm.

„Parasailing ist das Schönste, was es gibt!" Lachend nickt sie Marlène zu. Genuss pur! Das Meer aus luftiger Höhe zu genießen und dabei einen atemberaubenden Blick auf die Küste und Umgebung zu werfen. Einfach herrlich!

Als sie endlich die Haustür aufschließt, ist die Dunkelheit hereingebrochen. Obwohl sie nichts lieber täte, als sich auf den PC zu stürzen, lässt sie den milden Sommerabend auf der Terrasse mit ihrer Freundin bei leiser Musik und einem eisgekühlten Glas Wein ausklingen. Und wieder bringt sie über die brennende Sache mit ihm keine Silbe heraus. Es ist nach Mitternacht, als sie endlich mit vor Aufregung geröteten Wangen seine Mail öffnet.

Guten Morgen du Philosophin.

Also wenn unser intensiver Austausch für dich befreiend wirkt, dann ist das eine wunderschöne Therapie und entspricht voll deiner Begabung, dem Schreiben, nicht wahr? Mir machts auch ganz viel Freude und hilft mir zur Selbstfindung.
Leider muss ich es heute wieder kurz machen. Bin immer etwas am Hinterherlaufen.
Also mein Lieblingsessen ist Winter-Kabeljau oder aber auch ein Schweine-Schnitzel paniert, am liebsten mit frischem, gekochtem Gemüse. Ich liebe im Prinzip die einfache saisonale Küche lecker zubereitet. Ich mag keine Soßen. Und du Baby?
Ich habe Mühe mit arroganten Bluffer und Angeber, das geht gar nicht.
Bei Frauen, wenn sie ungepflegt daherkommen und übel riechen!

Nun aber zurück an die Arbeit. Ich mache heute wieder um 16 Uhr den Abgang und gehe Schwimmen … Und dann zum kühlen Braunen (Amber vom Fass). Dir einen schönen Tag mit gutem Essen und Trinken.

PS: Mein Lieblingswein ist der Primitivo di Manduria oder ein Amarone. Dein nicht mehr so strange Stranger.

Küsschen

Sie ist glücklich. Da wartet tatsächlich noch eine Mail auf sie.

Hi Baby,

deine Finger beim WhatsApp waren wieder unglaublich schnell! Die Sonne hat anscheinend so ihre Wirkung! Bist du weit hinausgeschwommen?

Jetzt bin ich wieder zurück vom Bierchen im Brune Mutz und hüte die Hunde. Die Eigentumswohnung von Hedi ist im Sommer wunderbar kühl. Sehr ruhig gelegen mit schöner Aussicht auf die umliegenden Felder. Ich bin für einen Moment von der Leine und kann kurz schreiben.

Wo bin ich stehen geblieben? … Hochzeit in Las Vegas, eigenes Haus, keine Freunde und eine abgewandte Familie. Schwere lange Jahre ab den 90ern bis 2014.

Vera wollte nach dem Tod von unserem kleinen Hündchen wieder einen neuen Vierbeiner. Sie kaufte sich im Tierheim den Shiro und überließ dann wie immer mir den Rest, wie Pflege, Ausgang etc. Nun, wie es das Schicksal so will, ich besuchte den obligatorischen Hunde-Erziehungskurs und lernte dabei Hedi kennen. Es fing ganz harmlos an. Die beiden Hündchen verstanden sich auf Anhieb. Die franz. Bulldogge verliebte sich in Klein-Shiro und so verabredeten wir uns zum Spazieren außerhalb des Hundekurses.

Hedi, die seit 17 Jahren keine Beziehung zu Männern hatte und ihren Sohn allein aufzog, fühlte sich sofort zu mir hingezogen. Ich in meiner Gefangenschaft nutzte die Chance und versuchte mit Hilfe einer Psychologin aus dem Knast zu fliehen. Das gelang aber nur teilweise. Wenn du einen psychisch kranken Menschen 34 Jahre lang unterstützt und treu begleitet hast, hinterlässt das Spuren. Die sind so tief, dass es dir am Rand beim Herunterschauen schwindlig wird! Ich habe dann zeitweise eine eigene Wohnung genommen, um mich irgendwie selber besser zu fühlen.

Meistens lebte ich aber mit Hedi zusammen; hab es auch genossen. Ich hatte mit meiner Frau fast 25 Jahre keinen Sex! Das steckte ich erstaunlich gut weg. Nach dem neu entdeckten Glück brauche ich aber diese Aktivität umso mehr. Ist zwar etwas mühsam, aber erhält irgendwie jung.

Nun, ich bin bereits wieder müde und entspanne mich noch beim Gießen der Tomaten (Gibt einen feinen Sugo, eine Spezialität von mir!). Ich wünsche dir einen herrlichen Abend, eine gute Nacht und schöne Träume …

Bussi Stranger

OK, ich weiß, dass ich ihm keine WhatsApp senden soll, aber er braucht nicht gleich einen Aufstand wegen einigen Fotos zu machen. Sie ist zu müde und kann nicht mehr klar genug denken, um ihm jetzt noch etwas Vernünftiges zu schreiben.

28.6.2019, 6:34

Guten Morgen, nicht mehr so strange Stranger.

Ich kenn nun deinen Geschmack. Körperpflege ist unerlässlich! Du magst keine Soßen, ich übrigens auch nicht immer, und liebst italienischen Wein. OK, ich will dich noch mehr ausquetschen.

Was gefällt dir an einer Frau? Was zieht dich bei ihr an (oder aus, hihi)? Worauf achtest du, was ist für dich wichtig? Was würdest du am liebsten in deinem Leben noch machen? Was sind deine Träume? Hast du noch welche, nach allem, was du erlebt hast?

Wünsche dir einen schönen Tag und ein kühles Plätzchen zum Erholen. Entwischt dabei manchmal auch ein klitzekleiner Gedanken nach Kerkyra?

Pola filakia,

Baby

Ich muss versuchen, ihm zu erklären, warum ich in diesem Gefühlschaos stecke, dass das nur indirekt mit ihm etwas zu tun hat. Nicht dass er Angst bekommt und noch denkt, dass ich etwas von ihm will. Well, eigentlich tu ich das doch! Aber wenn er nicht genau so verrückt nach mir ist, dann wird es sowieso nichts.

28.6.2019, 8:53

Hey Stranger,

ich bin impulsiv! Emotional! Oft geht das eine oder andere deswegen auch in die Hose. Aber zurzeit explodieren meine Gefühle nur so und fließen wie heiße Lava durch mich hindurch. Das in meinem Alter! „Liebeshormone"! Habe geglaubt, die wären bereits ausgetrocknet! Und trotzdem fühle ich mich wie ein verliebter Teenager. Verrückt nicht? Ich habe dich zu meiner Muse ausgewählt, (ist absolut harmlos!) … Ich hoffe sehr, dass diese Gefühlsexplosionen, dieses Abheben, den ganzen Sommer anhält. Ich will das in vollen Zügen auskosten.
Weißt du eigentlich, wie wahnsinnig schön es ist, überhaupt wieder diese Gefühle zu spüren! Mit so etwas hatte ich nicht mehr gerechnet. Empfindungen kann man nicht steuern oder kontrollieren! Aber man kann diesen verrückten Zustand als Geschenk annehmen und genießen. Zurzeit schreibe ich erotische Kurzgeschichten; absolutes Neuland für mich!

Sorry Stranger, aber ich muss los … Von unten her hör ich Krawall, man will Frühstücken und dann ab ans Meer. Werde dir heute Abend schreiben, wenn es bei mir ruhiger geworden ist.

Ich wünsche dir einen schönen Tag und gute Geschäfte. Tu etwas Gutes für dich!

Filakia,

Baby

Schweigsam sitzt sie neben Marlène im Auto, die freudig drauflos plappert und sich auf Glyfada freut. Der Weg zum malerischen Sandstrand führt an bewachsenen Felsen und Olivenhainen vorbei. Er liegt an der Westküste, ungefähr in der Mitte der Insel.

Sie ärgert sich maßlos, dass sich ihre Finger wieder einmal selbstständig gemacht haben und sie zu viel ihrer Gefühle preisgegeben hat! Das ist so gar nicht ihre Art. Was wird er von ihr denken? Welcher Mann würde sich nach diesen pikanten Enthüllungen nicht geschmeichelt fühlen?!

„Willst du nicht endlich damit herausrücken, was dich seit Tagen so beschäftigt? Du bist mit deinen Gedanken immer irgendwo, nur nicht hier bei mir." Mit anklagenden Augen schaut Marlène zu ihrer Freundin. Aufseufzend schüttelt diese den Kopf und versichert, dass bestimmt nichts los sei. Sie ist wütend auf sich selbst. Sie fühlt sich schuldig. Warum kann sie nicht mit ihrer engsten Vertrauten offen über ihn und ihre Gefühle sprechen? Irgendwie hält sie eine gewisse Scheu zurück. Sie zwingt sich, an etwas anderes zu denken und dreht die Musik im Auto einige Stufen lauter. Bald singen beide aus vollem Hals, bis unter ihnen die Bucht von Glyfada und das endlose, tiefblaue Meer auftaucht.

„Oh schau mal, ist das schön!", ruft Marlène euphorisch. „Das ist mein absoluter Lieblingsstrand."

Sie hält das Auto am Rande der Fahrbahn. Beide steigen aus und schauen hinunter zur Bucht.

„Glyfada ist märchenhaft, vor allem wegen dem feinen Sand und der traumhaften Lichtstimmung. Am Nachmittag und am Abend, wenn die sinkende Sonne alles in goldenes Licht taucht, ist es am schönsten."

Obwohl der Hauptstrand voll von Touristen ist, finden sie am Rand noch ausreichend Platz zum Entspannen. Mit Sonnencreme gut eingeschmiert, liegen sie unter einem Sonnenschirm und beobachten das fröhliche und rege Strandleben. Kinder, die im Sand buddeln. Jugendliche, die Ball oder Frisbee spielen.

Marlène, eine echte Leseratte steckt schon bald ihr Näschen in ein Buch. Sie hingegen stülpt sich einen großen, weißen Hut auf den Kopf und schlendert am Strand entlang. Es ist herrlich. Das Rauschen der Wellen, der Sand zwischen den Zehen, die salzige Luft. Aber ihre kompromittierenden Enthüllungen, die ihr nicht aus dem Kopf gehen, verderben ihr ein wenig die Freude. Immer wieder grübelt sie darüber nach, wie er die letzte Mail wohl aufgenommen hat.

Es ist kurz nach Mitternacht. Seit geraumer Zeit steht sie unter der leicht temperierten Dusche und hofft auf Abkühlung. Ohne sich weiter abzutrocknen, geht sie hinaus auf den Balkon. Es ist immer noch sehr warm. Der Hauch eines Lüftchens streichelt ihre nackte Haut. Mit erhobenen Armen schaut sie zu den Millionen leuchtender Sterne am Firmament. Sie hofft so sehr auf eine Sternschnuppe, damit sie ihren innigen Wunsch ins All hinausschicken kann.

Zurück im Zimmer setzt sie sich aufs Bett und starrt mit klopfendem Herzen auf den PC. Es ist das erste Mal, dass sie sich vor seiner Antwort scheut. Die immer noch hohe Luftfeuchtigkeit treibt ihr den Schweiß aus den Poren. Dazu kommt diese innere, brennende Glut, die nicht nachlässt. Sie steckt ihre Finger in ein Glas mit Wasser und netzt sich die pochenden Schläfen.

So kann das unmöglich weitergehen, das ist nicht mehr zum Aushalten ... dieses Verlangen, diese unerfüllte Sehnsucht ...

Angespannt öffnet sie endlich die Mail.

Baby, Baby … Dich hat es aber ganz schön erwischt! So richtig Schmetterlinge im Bauch? Bin ich jetzt dein Ritter, der da angeritten kam und dich wach küsste?

Das ist auf-, an- und erregend! Du machst mich völlig fertig Baby. Da bekomme ich Herzklopfen! Wir sind also mitten in einer platonischen Liebesgeschichte, oder? Ist ja verrückt. In solchen Momenten sollte man sich aber Lieben können! Von wegen total harmlos! Du bist gut!

Deine Kurzgeschichten will ich aber bitte lesen!

Du fragst mich nach meinen Träumen und Wünschen; die verrate ich jetzt aber lieber nicht! Erst schreibst du mir mal, was du so magst und was dir an Männern und Frauen wichtig ist! Auch dein Lieblingsgericht und Getränk würden mich brennend interessieren. Ist sonst etwas einseitig! Habe mich schon viel geöffnet, oder?

Stranger die Artischocke! Ich Gemüse, du Früchtchen … Bin in Halbtrance. Sorry muss für den Moment aufhören. Wir haben da keine einfache Situation Baby. Auch viele Küsse …

Stranger

PS: Ich weiß nicht, ob ich dieses Weekend die Möglichkeit habe, dir zu schreiben! Macht mich jetzt schon traurig. Bitte keine WhatsApp! Auch ich hätte nicht gedacht, dass das Leben nochmals so gefährlich und aufregend werden würde!

Eine platonische Liebesgeschichte, die man ausleben können sollte! Könnte man doch. Steht von mir aus nichts im weg! Ich komme! Ich fliege! Das wäre die richtige Antwort gewesen. Idiotin, träum weiter! … Wenigstens hat er sich gemeldet.

Die ganze Nacht wälzt sie sich unruhig hin und her. Am frühen Morgen versucht sie sich zu konzentrieren, um die richtigen Worte zu finden. Sie kann ihm ja kaum schreiben, dass sie große Lust hat, es mit ihm auszuprobieren.

29.6.2019, 6:57

Good morning Stranger,

da habe ich eine Artischocke mit Humor entdeckt! Wusste gar nicht, dass du das draufhast.
Dieses Mal bist du es, der dringend eine kalte Dusche braucht! Haha. Übertreib's nicht gleich! Wach geküsst, ja, kann man nicht mehr ändern. Auch platonisch stimmt für den Moment. In diesem ungewöhnlichen Stück spielst du die Hauptrolle, bist meine Muse, Inspiration. Du spukst den ganzen Tag in meinem Kopf herum. Wie lange dieser Zustand andauern wird? Das wissen die Götter ... Wenigsten geht das Schreiben endlich wieder flott voran.
Wir leben einen, wenn auch nur fiktiven, aufregenden Sommerflirt, der das Blut in Wallung bringt. Man fühlt, dass man am Leben ist. Was wir daraus machen, liegt an uns ...
Werde ich mich von einem freiherumlaufenden Sexsüchtigen vorsehen müssen?
Ich will dich an deine klare Ansage vom 18. Juni erinnern. Keine neue Liebesgeschichte! Das wollen wir beide nicht, oder?!
Lass uns diese ungewöhnliche Situation ungezwungen und ohne Erwartung genießen. Du hast deine liebe und verständnisvolle Hedi, die dich nach den schlimmen Jahren mit deiner Frau aufgefangen, dir wieder einen Halt gegeben hat. Bei ihr bist du in Sicherheit. Sie war für dich in deiner schlimmsten Zeit da und hat dich vor dem Abgrund gerettet. Wir wollen die Situation nicht komplizierter machen. Übrigens siehst du immer noch regelmäßig diese Psychologin?

So, und damit du auch über dein Früchtchen auf dem Laufenden bist und seine Vorlieben kennst, hier einige Infos.
Was mir an Frauen und Männern wichtig ist, sind eine gepflegte Erscheinung, Intelligenz und Humor. Ich mag keine Oberflächlichkeiten, Aufschneidereien, keine leeren Worte. Dafür ist mir Ehrlichkeit sehr wichtig.
Ich liebe alles, was sich im Meer aufhält. Am allerliebsten aber gegrillten Fisch, Oktopus, Calamares, Muscheln etc. Hmmm, mir läuft das Wasser im Mund zusammen. Die Schlemmereien spüle ich dann entweder mit Ouzo hinunter (schmeckt vorzüglich zu Meeresfrüchten) oder mit einem Rosé aus der Provence, Prosecco oder Champagner Ruinart Rosé. Trinke auch gern viel Wasser, keine Angst …
Wie du, mag ich die einfache traditionelle Küche mit frischem Gemüse. Wenn es draußen kalt und ungemütlich ist, liebe ich griechische Eintöpfe. Überhaupt ist mediterrane Küche lecker.
Wild mit einem vollmundigen Rotwein ist äußerst schmackhaft. Verachte auch italienische Weine nicht. Dionysos, der griechische Gott der Trauben, hat dafür gesorgt, dass sich der Weinbau in Griechenland in den letzten Jahren weiterentwickelt hat. Wirklich! Das Retsina-Klischee ist out!
Etwas, was ich aber absolut nicht riechen oder essen kann, ist ROSENKOHL!
Mist, wollte eigentlich etwas über mich schreiben, bin nicht so vom Himmel gefallen. Aber das muss warten. Das nächste Mal dann.

Wünsche dir ein absolut superschönes Wochenende. Verwöhne deine Partnerin. Frauen wollen auch ohne triftigen Grund umsorgt werden.

Pola filakia,

Baby

Ich hoffe, dass meine Zeilen die Spannung etwas gelockert haben und die Situation zwischen uns geklärt ist. Trotzdem bist du saublöd! Einerseits willst du, dass er mit dem nächsten Flugzeug zu dir fliegt, andererseits stößt du ihn direkt in ihre Arme. Wach auf! Er wird nie den Mut und die Kraft aufbringen, um klare Verhältnisse zu schaffen. Mit dem Alten abzuschließen und etwas Neues auszuprobieren. Nimm es endlich so, wie du es von Anfang an wolltest, als einen erregenden E-Mail-Sommerflirt.

Sie hört von unten bekannte Geräusche. Marlène ist mit dem Frühstück beschäftigt. Sie ist froh für die Ablenkung. Energisch klappt sie den PC zu und springt die Treppe hinunter. Nach einem fröhlichen „Guten Morgen" folgt sie ihrer Freundin auf die Terrasse.

Marlènes letzten Tag verbringen sie zusammen mit Doris und Abdel am Strand von Barbati. Später sitzen die 4 an der Bar und stoßen mit Mojito auf den Abschluss einer erlebnisreichen, aufregenden Woche an. Die Abendstimmung ist traumhaft. Die Dämmerung hat eingesetzt und taucht den Strand in ein ganz besonders warmes Licht. Der Mond geht auf. Das Meer glitzert in einem stählernen Blau; man hört das sanfte Rollen der Wellen. Ein kleiner Wermutstropfen fällt, weil sie ihre Freundin leider schon bald zum Flughafen begleiten muss.

Als sie bei der Passkontrolle ankommen, wartet dort zu ihrem Übel eine lange farbenfrohe Schlange Reisender. Dann stecken auch sie eingepfercht zwischen ungeduldig wartenden, schwitzenden, nach Parfum riechenden Touristen. Plötzlich schaut Marlène sie mit ihren blauen Augen eindringlich an.

„Hast du dich Despina anvertraut? Ich fühle, dass du mir etwas verheimlichst. Ich kenn dich doch, du bist meine beste Freundin. Hast du kein Vertrauen?"

„Nein, hab ich nicht. Ich mein das mit Despina. Und der Rest hat nichts mit Vertrauen zu tun, ehrlich. Tut mir leid, ich benehm mich einfach nur saublöd. Sorry."

Sie fühlt sich schlecht. Das hat Marlène nicht verdient. Keiner kennt sie besser als sie. Aber eine gewisse Scheu hält sie dieses

Mal davon ab, sich ihrer Freundin zu öffnen. Zudem ist das hier nicht der richtige Ort über große Gefühle zu sprechen.

„Komm, machen wir es kurz und schmerzlos." Nach einer innigen Umarmung verabschieden sie sich voneinander. Keiner will den Abschied unnötig hinauszögern. Noch ein letztes zugeflüstertes „Dankeschön", ein Kuss auf die Wange und bevor ihre Augen feucht werden, verschwindet sie in der dichten Menschenmenge.

Als sie um Mitternacht müde und verschwitzt nach Hause kommt, streift sie sofort ihr Strandkleid und ihren Bikini ab. Splitternackt öffnet sie alle Fenster und Balkontüren und hofft wenigsten den Hauch von einem Lüftchen zu spüren. Endlich steht sie unter der erfrischenden Dusche und wäscht sich mit einem duftenden Shampoo die Haare. Ohne sich abzutrocknen, legt sie sich aufs Bett und schläft sofort ein.

1.7.2019, 8:33

Good morning Stranger,

ist alles OK? Ich vermisse eine kurze Nachricht von dir. Ich will nur wissen, ob es dir gut geht.

Marlène musste Samstagabend wieder zurück zu ihrer Familie. Ich vermisse sie bereits. Wir verbrachten eine super, intensive Woche zusammen. Meine Schwester und Abdel fahren am Mittwochabend wieder zurück in die Schweiz. Diese Woche bin ich allein. Hab aber einiges zu tun, denn die jüngste Tochter einer Freundin will am 6. Juli ihren Traummann heiraten. Ich bin für die Hochzeitstorte verantwortlich! Stell dir das vor! Und ich kann nicht backen! Dann folgen 7 Tage Festlichkeiten. Werde total erledigt sein, wenn meine Cousine die Woche darauf kommt. Aber ich freue mich, das wird bestimmt toll.

Ich will endlich anfangen, dir auch mal ein Stück von meinem Werdegang zu schreiben. Also los jetzt.

Ich wurde im September 1952 in Sulzburg, Breisgau geboren. Nach meinen letzten Eskapaden schwer vorzustellen, dass ich im Schwarzwald das Licht des Lebens erblickt habe! Haha.

Ich wohnte bis zu meinem 4. Lebensjahr mit meiner damals 1jährigen Schwester in Basel, direkt an der Wiese. Mein Vater, ein echter Berner, lernte meine Mutter nach den Kriegsjahren im Schwarzwald in einem Kaffee kennen, wo sie als Kellnerin gearbeitet hat. Der junge, wilde Schweizer fuhr mit seiner Harley Davidson jede freie Minute von Basel, wo er am Dreiländer Eck als Hafenarbeiter tätig war, zum Feldberg, um dort seine Feierabendbierchen zu trinken. Als sie sich kennenlernten, war er noch verheiratet und hatte zwei Kinder. Das heißt, ich habe einen Halbbruder. Die Halbschwester ist vor 3 Jahren an Krebs verstorben. Wir hatten leider nie eine geschwisterliche Beziehung.

Die Scheidung war langwierig und so kam es, dass ich noch vor ihrer Trauung geboren wurde. Bin ein uneheliches Kind! Dieses dunkle Geheimnis hatte ich von meiner Mutter erst kurz vor ihrem Tod vor 4 Jahren erfahren … Sie wurde stolze 94.

Wir zogen dann mit Sack und Pack nach Muttenz, ins Haus meines Großvaters väterlicherseits. Jeden Tag mussten wir Knirpse auf unseren kurzen Beinchen den langen Weg ins Dorf in den Kindergarten bewältigen. Die Schulzeit verbrachte ich in verschiedenen Schulen, bis ich dann auch in unserer Klasse landete. Erinnerst du dich noch an die schüchterne Bohnenstange?

Leider hat vor 2 Tagen die Pumpe der Zisterne, in der ich das Regenwasser sammle, den Geist aufgegeben und soll heute durch eine neue ersetzt werden. Hoffentlich ist sie bis zum Abend eingebaut, wenn ich vom Schwimmen zurück bin. Gestern war ich mit einigen Freunden am langen, wunderschönen Sandstrand von Arillas, im Nordwesten von Korfu. Es ist ziemlich viel gebaut worden, seit mein Mann und ich im 81 hier eine Nacht verbrachten. Die Fisch-Taverne direkt am Meer gibt es aber immer noch. Während wir den atemberaubenden Sonnenuntergang bewunderten, aßen wir einen köstlich gegrillten Fisch mit Wildgemüse, griechischen Bauernsalat und tranken eisgekühlten Ouzo.

Die Luft wurde spürbar weicher, die Tageshitze nahm langsam ab. Man hörte das Rollen der Wellen. Der Himmel färbte sich langsam in ein Violett. Während die Sonne dem Meer immer näher kam, verbreitete sie zum letzten Mal ihre gleißenden Strahlen. Gleichzeitig verfärbte sich der Himmel und wurde langsam rot. Und dann passierte das, was ich am liebsten mag. – Die Sonne wurde zu einer riesengroßen, roten Scheibe. Hinter ihr vertiefte sich das Rot am Himmel noch mehr. Sie sank immer tiefer, bis sie das Wasser für einen kurzen Moment ganz leicht berührte, bevor sie ergeben in die wartenden Arme des Meeres versank. – Hoffentlich musst du dich nicht übergeben bei so viel Kitsch. Während die andern genussvoll noch ein Dessert löffelten, bin ich hinunter ans Wasser und habe dieses wundervolle Abendschauspiel auf mich einwirken lassen. In diesem Moment wünschte ich mir dich an meiner Seite. Wäre gerne mit dir Hand in Hand den Strand entlanggelaufen. Zwischendurch hätten wir angehalten … Ich weiß, ich weiß … unmöglich. Aber Träumen ist erlaubt!

Wünsche dir eine erfolgreiche Woche und vergiss dich nicht ganz bei der vielen Arbeit.

Filakia,

Baby

In einem luftigen, weißen Trägerkleid und modischen Sandalen mit Strasssteinchen, die an ihren gebräunten Beinen besonders hübsch aussehen, steht sie etwas verloren auf der Terrasse. Außer dem Konzert der Zikaden ist es still. Kein Geschirrklappern oder

Kaffeeduft, der aus der Küche kommt. Sie vermisst ihre Freundin bereits. Das gemeinsame Frühstück, die Gespräche, das Pläne für den Tag Schmieden. Damit keine traurigen Gedanken aufkommen, dreht sie das Radio voll auf. Zu ihrer Freude spielen sie gerade *Shawn Mendes und Camila Cabello – Senorita,* ihr absoluter Sommer-Lieblingssong. Als dann auch noch *Luis Fonsi – Despacito* singt, fängt sie an zu tanzen.

Sie fährt in die Stadt zur Pedi- und Maniküre. Während sie ihre Füße verschönern lässt, öffnet sie ihr Handy und prüft, ob er auf ihr langes, ausführliches Mail bereits reagiert hat.

1.7.2019, 9:31

Good morning Baby,

vielen Dank für deine spannenden Buchstaben.
Mit mir ist alles OK. Leider habe ich keinen Weg gefunden, dir zu antworten. Tut mir sehr leid! Werde dir später schreiben.

Kisses,

Stranger

Sie weiß, wie beschäftigt er ist und dass er nicht immer Zeit hat, auf ihre Mails zu antworten. Aber schon die paar Zeilen machen sie glücklich. Jetzt kann sie sich mit ganzem Herzen auf einen geselligen Nachmittag freuen.

Am Strand von Barbati entdeckt sie unter einem Sonnenschirm Vanessa und Eileen, zwei ihrer Freundinnen, die ihr fröhlich zuwinken. Alle sind aufgeregt und schnattern wie die Hühner durcheinander. Es gibt nur ein Gesprächsthema, nämlich die anstehende, große Hochzeit und die verschiedenen Festlichkeiten, welche sich über mehrere Tage hinziehen. Die erste große

Party steigt schon in 72 Stunden! Jede will mithelfen und ihren Teil beisteuern, dass sie ein echter Eröffnungs-Knaller wird. Eileen, die Brautmutter, winkt dem Kellner und bestellt eine Flasche ausgezeichneten Rosé. Ausgelassen heben sie die Gläser und stoßen fröhlich auf die Hochzeit an.

Am Abend sitzt sie in ihrem langen, verwaschenen Lieblingsshirt in der Hängematte. Daneben auf einem Tischchen den PC und einen Krug mit eisgekühltem Zitronenwasser.

1.7.2019, 18:26

Hi Baby,

danke für den ersten Teil deines Lebenslaufes. Wir sind also beide unehelich gezeugt worden! War ein großer Romantiker und echter Kerl dein Papi!
Sulzburg kenne ich gut. Überhaupt könnte ich einen Beizen-Führer vom Markgräflerland herausgeben. Musste mit meiner Gnädigsten des Öftern an den Wochenenden zum Essen hin düsen und kenne alle Geheimtipps der Region. Vorab aber dir ein großes Kompliment, dass du für Hedi argumentierst und mich zur Räson bringst. Ist schlicht großartig und edel. Respekt! Du hast mich aber auch fertiggemacht und schreibst bereits wieder von gemeinsamen Sonnenuntergängen! Baby, Baby, da bin ich kein Kostverächter! Nur Romantik ohne Liebesbezeugung; aber, aber …
Ich bleibe jetzt ganz cool.
Ich hocke in meiner heißen Dachwohnung bei großer Luftfeuchtigkeit und Hitze. Mir fehlt das Meer und eine frische Brise!
Was meint den deine beste Freundin zu unserem Sommer-Brief-Flirt und der Verliebtheit? Ich bin da immer etwas einsam, kann mich mit niemandem Austauschen. Bin froh, dass du so offen schreibst und ich dir auch einige Sorgen anvertrauen kann.

Nun aber etwas Großartiges! Werde mit meinen Kumpels am kommenden Sonntag ein Konzert der Rock Lady Beth Hart in Augusta Raurica besuchen. Musst du dir mal reinziehen, Beth Hart mit Joe Bonamassa in einem Livekonzert! Ist einfach nur geil!

Baby, es wird zu heiß zum Schreiben. Auch das Tablet hat zu warm und kann nicht mehr korrigieren. Ich werde bei Hedi übernachten müssen, da ist es kühler.

Ich versuche, dir diese Woche noch etwas strukturierter und inhaltvoller zu schreiben, bis dahin warte ich sehnsüchtig auf weitere liebe Zeilen von dir …

Liebe Grüße und einen dicken Kuss,

Stranger

Eigentlich wollte ich ihn gar nicht zur Vernunft bringen, sondern provozieren. Ihm die Möglichkeit geben, sich über seine Gefühle klar zu werden. Es liegt an ihm, wenn er etwas ändern will. Tzzz. Es ist ihm zu heiß; und schon düst er angetörnt zu seiner Partnerin. Selbst schuld! Du kannst dir ja vorstellen, dass deine Fantasien ihn erregen. Also hör endlich auf ihn heißzumachen.

Sie mag seine direkte und witzige Art. Hat sie ihm seine Freundin zu schmackhaft dargestellt? Sollte sie mehr um ihn kämpfen? Im Gegensatz zu ihm hat sie eine beste Freundin, obwohl die immer noch nichts von dieser verrückten, nicht wirklich existierenden Beziehung weiß. Aber er wartet sehnsüchtig auf ihre Mails!

Die Arme hinter dem Kopf verschränkt liegt sie in der Hängematte und beobachtet den Sternenhimmel. Sie spürt ein leichtes Lüftchen, das zärtlich über ihr Gesicht streichelt. Sie seufzt …

Hör endlich auf, immer nur an ihn zu denken.

Aber wenn der Verstand aussetzt, die Hormone verrücktspielen und das Herz eigene Wege geht …

Morning Stranger,

Wahnsinn, dass es bei euch so heiß ist. Ich hoffe, du hast noch etwas Abkühlung gefunden und konntest schlafen, oder vielleicht auch nicht. Heißblütig wie du anscheinend sein kannst!

Also ich gestehe, Marlène weiß noch nichts von unserem Sommer-Brief-Flirt, wie du das so schön beschreibst. Von dem Kuss habe ich ihr gleich nach der Rückkehr vom Klassentreffen brühwarm erzählt. Aber warum ich ihr jetzt nichts von meiner Verliebtheit anvertraue, kann ich mir selbst nicht erklären. An Andeutungen ihrerseits hat es nicht gefehlt. Sie hat sofort bemerkt, dass mit mir was los ist, dass mich etwas beschäftigt. Von meinem Hormone Chaos werde ich ihr bestimmt erzählen, wenn ich wieder zurück in Montana bin.

Großartig, dass du mit deinen Kumpels zum Rockkonzert von Beth Hart gehst. Das wird ein hammermäßiges Erlebnis. Habe gestern Abend noch die Rock Lady und Bonamassa gegoogelt und bin begeistert. Besonders der Song „Learning to live" hat es mir angetan. Freue mich jetzt schon auf deinen Bericht.

Für heute Abend habe ich einige Freunde zu einem Fisch-Abschiedsessen für Doris und Abdel zu mir eingeladen. Und morgen steigt eine Vor-Hochzeits-Feier, damit alle für den großen Tag so richtig in Stimmung kommen. Bin in Panik. Muss mir wegen der versprochenen Hochzeits-torte schnell etwas einfallen lassen!

Also mach es dir bequem, hier kommt der 2. Teil:

Anschliessend folgte die Ausbildung zur Kauffrau in Basel in einer Transportfirma. Konnte mich mit der trockenen Büroarbeit nie anfreunden. Aber damals wusste ich nicht, für welchen Beruf ich mich entscheiden soll, was ich aus meinem Leben machen wollte. Ich habe mich mit 20 nach Genf versetzen lassen, um die Welschen ein wenig zu ärgern. Mit Privatunterricht lernte ich dann sehr schnell Französisch. In der Karriereleiter stieg ich mit gerade mal 21 Jahren in die Chefetage auf, als Privatsekretärin vom Oberboss, und verdiente gutes Geld.

In der Mittagspause lief ich im Sommer oft in meinen teuren, hohen Schuhen und meiner Business-Kleidung hinunter an den See und träumte von fernen Ländern.

Eines Tages hörte ich jemand außergewöhnlich gut Gitarre spielen. Beim Näherkommen entpuppte sich der Künstler als einer der Hippies, die auf dem Rasen in einem Kreis saßen und Lieder von den Beatles sangen. Ohne zu überlegen, zog ich meine Schuhe aus und setzte mich zwischen zwei Hippie-Mädchen mit langen Haaren. Wir kamen ins Gespräch. Sie waren alle mehr oder weniger in meinem Alter und lebten im Gegensatz zu mir ein aufregendes Leben. Die beiden verbrachten einige Monate in einem Kibbuz in Israel. Ich hatte davon noch nie gehört und war sofort vom reinen sozialistischen Konzept begeistert. Wie lernt man schnell Englisch? Die Mädchen lachten und klatschten in die Hände. „Au-pair" hieß das Zauberwort.

Mit den Infos rannte ich direkt zu meinem Chef und erzählte ihm von meinen Träumen. Ich kündigte auf der Stelle. – Et voilà … Arbeitslos, aber glücklich.

Mit 21 fand ich in England einen Au-pair-Job direkt am Hydepark und betreute 3 Kinder. Von den 10 Monaten, die ich dort ausgehalten habe, könnte ich allein ein Buch schreiben … Mit meinem Diplom in der Hand kam ich zurück und absolvierte in Französisch und Englisch die

Handelsschule. Nach 50 hoffnungsvollen Fahrstunden (die mich ein Vermögen gekostet haben) bin ich hochkantig durch die Autofahrprüfung geflogen. (Dazu eine extra Anekdote.) Aber mich konnte nichts und niemand aufhalten. Zwei Tage später, im Frühjahr 1974, saß ich im Flugzeug nach Israel, um in der Negev-Wüste im Süden Israels in einem Kibbuz meine Abenteuerlust auszuleben. Alles war für mich neu und aufregend. (Noch eine separate Story!) Ich verbrachte dort 5 absolut unvergessliche Monate. In dieser Zeit erhielt ich einen Brief von meiner Schwester. Sie befand sich auf der Heimreise aus Spanien, wo auch sie ein Jahr als Au-pair tätig war, und lernte im Zug einen Italiener kennen. Sie war von ihm so fasziniert, dass sie verpasste, in Basel auszusteigen. Dafür segelten sie dann zusammen wochenlang in einer Nussschale von Boot auf dem Ägäischen Meer herum. Sie setzte mir ein Datum, wann sie im Hafen von Hydra, einer kleinen griechischen Insel beim Peloponnes, eintreffen würden. Ich änderte meinen Plan sofort und flog nicht nach Hause, um einen Job zu suchen, sondern nach Athen. Mit dem Flying Dolphin, einem Luftkissenboot, fuhr ich dann von Piräus nach Hydra, wo ich auf meine Schwester warten wollte. Dort machte ich die Bekanntschaft mit einer netten Lesbe (bemerkte nichts Verdächtiges, war noch so naiv) und zog für einige Tage mit einer Gruppe nimmermüder, lustiger Homosexueller herum. War eine tolle und unbeschwerte Zeit.

Puh … Wir brauchen eine Pause. Obwohl ich mir wirklich Mühe gebe, verliere ich mich wieder in zu viele Details. Also Schluss für heute!

Filakia und einen super Tag,

Baby

Anhang: **Heißes Strandgeflüster**

Mit einem Hechtsprung stürzt sich Michelle ins erfrischende, kristallklare Wasser. Sie genießt das Marathon-Schwimmen entlang der Küste nach dem heißen Tag. Das unbeschwerte Strandleben dringt nur noch gedämpft zu ihr. Als sie nach einer Stunde an ihren Platz zurückkehrt, ist die Sonne hinter dem Hügel verschwunden. Eine leichte Brise lässt sie erschaudern. Die Badenixe zieht sich einen trockenen Bikini an. Flink wickelt sie einen passenden Pareo um, bevor sie zur Beach Bar geht und sich einen Mojito bestellt. Mit einem wohligen Seufzer lässt sie sich in die farbigen, weichen Kissen fallen und lauscht der schmeichelnden Musik.

Der Blick über das Meer ist wunderschön. Sie liebt diese traumhafte Stimmung am späten Nachmittag. Das Licht wird zunehmend wärmer, die Farben verändern sich und werden weicher. Die letzten Sonnenstrahlen lassen ein Kreuzfahrtschiff, welches auf dem Weg Richtung Italien ist, hell erleuchten. Einige Touristen genießen den schönen Sommerabend am Strand, andere tummeln sich noch im Meer. Michelle spürt schon bald den Alkohol, da sie wegen der Hitze heute fast nichts gegessen hat. Sie wünschte, sie wäre in dieser wunderbaren Abendstimmung nicht allein. Interessiert beobachtet sie einen Mann mit einem athletischen Körper, der sich sorgfältig duscht. Energisch schüttelt er den Kopf, sodass seine braunen, lockigen Haare hin und her fliegen. Er bindet das Handtuch um seine schmalen Hüften und steuert mit federnden Schritten die Bar an.

Als er auf sie zukommt, hält sie unbewusst den Atem an. Ihre Blicke kreuzen sich. „Darf ich?" Sie nickt leicht mit dem Kopf, denn zu mehr ist sie nicht fähig. Lächelnd setzt er sich neben sie. Seine kühle, immer noch nasse Haut berührt ganz leicht die ihre. Wie selbstverständlich legt er seinen Arm über ihre Schultern und lässt die Hand locker herunterhängen. Ihr ist heiß. Herausfordernd schaut er sie an.

Als sein attraktives Gesicht langsam immer näherkommt, schließt sie die Augen. Sie spürt den sanften Druck seiner weichen Lippen, seine Zunge, die zaghaft die ihre sucht. Sie hat einen Kloß im Hals, ihr Hirn ist leer. Sie fühlt plötzlich wie einer seiner Finger wie unbeabsichtigt ihren Nippel berührt. Die Friktion durch den Bikini ist unbeschreiblich.

Noch bevor sie den Mojito ausgetrunken hat, reicht er ihr die Hand. Etwas befremdet schaut sie ihn an. „Komm", sagt er mit samtweicher Stimme. Wie unter einem Bann steht sie auf und nimmt seine ausgestreckte Hand. Umschlungen schlendern sie am Strand entlang, bis er abseits der Liegestühle und Sonnenschirme in den Sand gleitet und Michelle neben sich zieht. Sie getraut sich nicht, ihn anzusehen und starrt verschämt über das Wasser. Erregt spürt sie, wie er mit seinen weichen Lippen sanft die warme Haut ihrer Schultern küsst. Sie will an nichts mehr denken, sondern sich nur diesem surrealen Augenblick hingeben. Sie legt sich hin und schließt die Augen. Er öffnet den Knoten von ihrem Pareo. Mit seinen Fingerspitzen liebkost er sanft ihren Körper. Zärtlich saugt und küsst er beide Nippel durch den Bikini, bis sie steif sind. Der nasse Stoff erregt sie noch mehr.

Wohlige Schauer rieseln über ihren Rücken, als er sich ermutigt über ihren Bauch und zwischen die Schenkel tastet. Ungewollt entschlüpft ihr ein leises Stöhnen. Hingebungsvoll wandert seine Zunge über ihren Bauch, während seine Hand spielerisch ihr Höschen massiert. Er spürt ihre ausstrahlende Wärme.

Plötzlich hört man das Knirschen von Schritten, die sich langsam nähern. Unbekümmert bleibt seine Hand, wo sie ist, als ein älterer Mann mit einem Augenzwinkern an ihnen vorbeigeht. Sie wird ganz rot vor Verlegenheit. Als er mit seinem Spiel weitermachen will, entdecken sie eine Familie, die am Strand einen Abendspaziergang macht. Er küsst sie und flüstert: „Ich warte hier morgen eine Stunde später auf dich, dann sind wir ungestört." Mit einem bedauernden Lächeln springt er auf und trollt sich gelassen davon.

Angespannt bleibt Michelle mit geschlossenen Augen liegen. Wellen lecken an ihren nackten Füßen. Sie ist erregt, sie brennt. Was heißt morgen Abend, da wird sie längst im Flugzeug sitzen, im Gepäck Erinnerungen an einen kurzen, heißen Strandflirt.

Schockiert schaut sie auf den PC. Der Pfeil zeigt auf „Send" und ihr Finger schwebt wie erstarrt 1 Millimeter über der Taste „Enter". Was hat sie getan? Wann lernt sie endlich, ihre Spontanität zu kontrollieren.

Bestimmt sieht er mich jetzt als eine sexbesessene, alte Kuh, die, um ihre ungestillte Lust loszuwerden, erotische Storys schreibt.

Sie hofft, dass er sich nichts weiter dabei denkt als das, was es ist, nämlich eine kleine, prickelnde Strandgeschichte!

Ausgestreckt liegt sie auf dem Bett und versucht, an nichts zu denken. Eine Viertelstunde später kommt bereits seine Antwort.

2.7.2019, 6:44

Guten Morgen Baby,

du warst wieder richtig tüchtig heute früh! Vielen Dank, Küsschen.

Konnte gut schlafen, es hat etwas abgekühlt letzte Nacht. Habe nicht viel Zeit. Ich muss an unser Frühstück-Netztreffen, das einmal im Monat am Morgen um 7 Uhr und um 12 Uhr zum Lunch stattfindet. So 30 Unternehmen aus allen möglichen Branchen, die sich da austauschen und gegenseitig bei ihren Kunden empfehlen. Gute Sache.

Baby, Frauen, die nicht groß kochen, können meistens gut backen! Das schaffst du bestimmt!
Ich wünsche dir einen erfüllten Tag und freue mich auf deine Geschichte, welche ich am Abend lesen werde.

Treffe mich nach der Arbeit mit den Jungs aus Germany zu einem Bier in Inzlingen. Gutes Grüppchen. Fühle mich wohl bei den Markgräfler Frohnaturen! Stammst ja auch von denen ab!

Dicker Schmatz und feste Umarmung,

Stranger

Sie holt tief Luft. Er gewährt ihr eine Galgenfrist.

Für heute Abend hat sie 10 ihrer engsten Freunde zu einem Cocktail mit anschließendem Dinner eingeladen. Die Ablenkung kommt wie gerufen. Die Tische hat sie liebevoll mit Blumen geschmückt. Im Garten und auch auf der Terrasse stehen jede Menge Windlichter und Laternen, die für ein stimmungsvolles Ambiente sorgen. Bei chilliger Musik, eisgekühltem Prosecco und Bier verbringt die kleine Gesellschaft einen lustigen Abend.

Die Balkontür von ihrem Schlafzimmer ist weit geöffnet. Es hat in der Nacht kaum abgekühlt und die erhoffte frische Brise bleibt aus. Schweißtropfen bilden sich auf ihrem Gesicht und nackten Körper. Unruhig wälzt sie sich im Bett herum. Sie hat immer noch nicht den Mut aufgebracht, den PC zu öffnen. Endlich macht sie das Licht an und trinkt durstig ein Glas Wasser, welches griffbereit auf ihrem Nachttisch steht.

Du bist so ein Waschlappen! Schau endlich nach.

Hey Baby, du erotische Schreibfeder! Echt super die gute Nachtgeschichte. Da werden bei mir nicht bloß die Hände feucht!
Was treibt dich an, solche Kurzgeschichten zu schreiben? Ich finde, dass du sehr wohl kreativ bist. Großartig!
Bin mit Shiro grad beim Tierarzt. Er hat einen komischen, haselnussgroßen Wulst am Bein. Sonst gehts ihm aber gut. Sitzen im Wartesaal …
Du hast viele wilde Abenteuer hinter dir! Gehst immer aufs Ganze. Barfuß oder in Lackschuh! Gefällt mir gut, dein Werdegang. Die Details sind übrigens immer spannend, du musst unbedingt so weiterschreiben!
Jetzt kommt der Zwerg dran, ich kritzle später, wenn's nach den Bierchen im Krug noch geht einige Zeilen.

Liebe Grüße und Küsschen,

Stranger

Was? … Das ist alles! Und sie konnte aus Angst über seine Reaktion nicht schlafen! Sie weiß im Moment nicht, ob sie verärgert oder erleichtert sein soll. Da wartet noch eine Mail!

Good evening Baby,

seid Ihr noch am Festen? Bin eben in meiner Wohnung angekommen und am Durchlüften. Wir haben gefühlte 35 °. Shiro hechelt. Sein komisches Knötchen soll ich beobachten, sei nichts Böses.

Der Hock mit den 5 Jungs, alle in unserem Alter, war super. So Gespräche unter Männern tun gut. Habe mir ein Wiener Kalbsschnitzel mit Kartoffelsalat gegönnt, war köstlich! Zum Gutenachtkuss möchte ich dir folgendes Wissenswerte bezüglich Verliebtheit schreiben. Habe ein Interview mit dem Paartherapeuten und Bestsellerautor Holger Kuntze gelesen. Wenn wir permanent verliebt wären, dann wären wir nach fünf Jahren tot. Verliebt zu sein ist purer Stress. Wir haben in dieser Zeit einen deutlich höheren Cortisol- und Adrenalinspiegel! Die Frage ist jetzt nur, gilt dies auch für die platonische Liebe?

Es ist jedenfalls aufregend und hat etwas sehr Gefährlich-Wildromantisches an sich. Eine Zeit mit großen Wünschen, Trieben, Ängsten und Unsicherheiten. Einfach vollkrass! Die Bude hat sich etwas abgekühlt; duschen und ab ins Bett. Ich freue mich bereits wieder auf einen Morgengruß von dir …

Küsschen, schlaf gut Baby,

Stranger

Echt jetzt? Seinen ganzen Kommentar nimmt er aus einem Interview! Verliebtheit sei purer Stress und ob dies auch für eine platonische Liebe gilt … Was für ein Stuss!

Wenigstens findet er ihren Austausch aufregend. Sie ist über seine kurze und eher kontrollierte Reaktion sehr enttäuscht.

Ist er von meiner unkomplizierten, offenen Art etwa eingeschüchtert, mach ich ihm Angst? Ich kapier es nicht. Ich reiche ihm die Hand, um ihn in eine andere, leichtere Welt zu entführen, aber er ergreift sie nicht. Stattdessen erklärt er mir nüchtern, dass man nach 5 Jahren permanentem Verliebtseins stirbt.

Ist er zu echten Gefühlen überhaupt noch fähig, nach der schweren Zeit mit seiner Frau? Du bist ein Vollidiot! Unsere abstruse Romanze erregt ihn, er findet's geil. Nichts mehr und nichts weniger. Sie ist sein tägliches Highlight, um für kurze Zeit aus der Realität auszubrechen und in eine neue, aufregende Welt zu entfliehen. Erotik, was Neues, jede Menge Spaß ohne Konsequenzen und Druck. Ich bin weit weg und steh nicht plötzlich vor seiner Türe. Eine geradezu ideale Situation für einen Mann. Ein Spiel ohne weitere Konsequenzen. Bestimmt liebt er seine Partnerin. Ich bin nur das E-Mail-Viagra, damit wieder Schwung in seine Beziehung kommt. Also hör endlich auf, dir Illusionen zu machen. Er wird nie ins nächste Flugzeug springen, um in deinen Armen zu landen.

3.7.2019, 7:10

Good morning Stranger,

Gääähn … Keiner wollte gestern nach Hause. Hatte nur 3 Stunden Schlaf und heute beginnt eine von vielen Hochzeitspartys. Eine Woche lang Tag und Nacht durchmachen und Festen. Hoffentlich überlebe ich das! Denn sonst könnte ich nie die Theorie von Mr. Kuntze prüfen! Habe gehört, dass man von Liebeskummer sterben kann, aber nicht von permanentem Verliebtsein!
In einem muss ich ihm aber recht geben, mein Adrenalinspiegel ist am Überlaufen. Wenn seine Theorie stimmen sollte, dann werde ich nach 5 Jahren nicht mehr sein. Denn unsere platonische Liebe ist wahnsinnig aufregend, erregend. Alles spielt sich in meiner Fantasie ab und das kann noch intensiver sein, als wenn man sich jeden Tag lieben würde. Das heißt in unserem Fall (in meinem sicher) wird sich die Lebenserwartung bestimmt drastisch verkürzen. Was meinst du, sollen wir selbst eine Studie anfangen und Mr. Kuntzes düstere Ansagen testen?

„Erotische Schreibfeder"! … Danke für die Blumen. Du bist gut, fragst, was mich dazu antreibt. Du natürlich!

Dies ist Neuland für mich. Bis jetzt hatte ich noch nie das Bedürfnis, in erotischer Richtung zu schreiben. Ist schon anders, sehr intim. Aber wenn man den ganzen Tag nichts anderes im Kopf hat als weiche Lippen und sanfte Hände … Irgendwie müssen die Gefühle raus und so entstehen dann kleine, prickelnde Storys.

Zum Glück ist es bei Shiro nichts Ernstes. Vielleicht verschwindet das Knötchen auch plötzlich.

Toll, dass du dich mit den Markgräfler Jungs so gut verstehst. Es ist wichtig, gelegentlich aus dem Alltag auszubrechen und Zeit mit Freunden zu verbringen. Spaß haben oder ein tiefes Gespräch führen, einfach mal loszulassen.

So mein Lieber, hier eine weitere Episode aus meinem Leben: Meine Eltern waren sehr verständnisvoll und schickten mir Geld nach Hydra, damit ich meinen Freiheitsdrang noch ein wenig ausleben konnte. Da lernte ich zwei frisch verheiratete Ehepaare kennen. Wirklich ganz reizende Leute. Sie hatten einen Narren an mir gefressen und luden mich ein, sie auf ihrem Segelboot nach Athen zu begleiten. In 2 Tagen mussten sie am Flughafen sein, um zurück nach Frankfurt zu fliegen.

Diese einmalige Gelegenheit konnte ich mir nicht entgehen lassen. Es war ein tolles Erlebnis. Am Flughafen bestanden meine Gönner darauf, dass ich ihre restlichen Drachmen annehme, ansonsten würden sie das Geld auf die Landebahn schmeissen.

Zurück auf Hydra traf ich wieder auf die nette Schwulen-Klicke. Nach einer durchtanzten Nacht versammelten wir uns alle am Hafen zum Spaghetti-Frühstück. Fasziniert beobachteten wir, wie ein kleines Boot in spannender Zick-Zack-Fahrt in den sehr engen Hafen segelte.

Es war ein witziger Anblick. Der ganze Haushalt hing kunterbunt auf dem kleinen Schiffchen herum. Eine Stunde später stand meine Schwester mit ihrem Freund Hand in

Hand grinsend vor mir. Über diese Tage mit ihr gibt es so einiges zu berichten. Aber ich mach weiter, sonst wird das noch ein Buch!

Jeden Tag, wenn ich zum Schwimmen wollte, musste ich an einigen Touristenlädeli vorbei. Mir fiel sofort ein sehr attraktiver, großer Mann mit lockigen, langen blonden Haaren auf. Er saß auf einem Klappstuhl vor einem kleinen Geschäft mit Silberschmuck und wartete gelangweilt auf Kundschaft. Seine Augen waren hellblau und sein voller Mund die reinste Einladung. Wie du siehst, ich hab es mit schönen Lippen. In einer Hand hielt er eine Marlboro Light, in der anderen einen Ouzo. Da ich sowieso in wenigen Tagen wieder zurück in die Schweiz musste, wollte ich diesen jungen, griechischen Gott kennenlernen. Aber wie anstellen, dass er mich anspricht?

Kurzerhand ging ich ins Geschäft und schaute mich nach Silberringen um. Als er mich aus seinen blauen Augen anlächelte, war es um mich geschehen. Dazu diese warme, wunderbare Stimme! Mit meinen letzten 100 Drachmen kaufte ich den billigsten Ring, den ich immer noch habe. Der schüchterne Kerl aber lud mich nicht auf einen Drink ein. Dabei stand es mir auf der Stirne geschrieben. „Nimm mich!"

Ziemlich ernüchtert und mit langem Gesicht bin ich dann weggegangen. Ich war 23 Jahre jung, damals kannte man das noch nicht, dass auch eine Frau den ersten Schritt wagen darf.

Am nächsten Tag war der Stuhl vor seinem Geschäft leer. Habe so getan, als ob mich das nichts mehr angehen würde. Die Niederlage des vergangenen Tages war definitiv Geschichte! Auf einmal hörte ich jemand hinter mir herrufen. „Hey, Hallo ... Du da, so warte doch. Stopp!!"

Ich drehte mich um und sah, wie ein junger, hübscher Mann mir aufgeregt zuwinkte. Etwas außer Atem stellte er sich vor. Er war der Bruder von meiner gestrigen Enttäuschung und fragte mich höflich, ob ich für heute Abend ihre Einladung zum Abendessen annehmen würde.

Um cool zu wirken, bemerkte ich trocken: „Klar, warum nicht. Hat es ihm die Sprache verschlagen? Wieso schickt er dich?"

„Nein, er hat Kundschaft und kann deshalb nicht weg."

Entschuldige, ich schweife wieder mal ab. Wenn wir uns direkt unterhalten würden, könntest du mir mit einem Kuss den Mund schließen. Aber beim Schreiben haben meine Finger ihr Eigenleben.

Ich muss heute früh raus, um noch einiges für die Hochzeitstorte zu besorgen. Hab so meine Idee. Davon später.

Dir wünsche ich wieder einen super Tag.

Übrigens wie war gestern dein Netzmeeting? Das ist interessant und eine tolle Sache.

Big hug and kisses,

Baby

Heute Abend fahren Doris und Abdel zurück. Sie hat alles für ein letztes, gemeinsames Mittagessen vorbereitet. Der Tisch auf der Terrasse ist gedeckt, die leckeren Salate zubereitet und im Kühlschrank steht ein ausgezeichneter griechischer Rosé. Während sie auf die beiden wartet, sitzt sie barfuß in einem leichten Top und Shorts unter der Fächerpalme. Rhythmische Klänge kolumbianischer Musik einer alten CD vermischen sich mit dem Zirpen der Zikaden. Auf einem kleinen Tischchen steht griffbereit ein Krug eisgekühltes Wasser mit Gurkenscheiben. Sie streicht sich eine Haarsträhne hinters Ohr und öffnet mit erwartungsvollem Lächeln die Mailbox.

Hey Party-Baby,

Wow, Wahnsinn, dein intensives Program! Ich bin beeindruckt! Das könnte ich nieeeeee!! Und das mit dem Liebes-Hype zusammen! Du musst unglaublich fit sein, Baby! Und du hast recht, bei uns zweien geht erotisch gigantisch viel mehr ab als in Millionen von Ehebetten! Wetten?

Nun Liebes, solltest du beim Festen den ultimativen Griechen, den du ja schon hattest, treffen, der alle deine Wünsche erfüllt, dann zweifle nicht, sondern erlöse deine angestaute Lust auf physische Liebe. Gib deinem wiedererlangten Verlangen für eine neue Partnerschaft nach. Du hast es verdient, nicht nur platonisch geliebt zu werden. Hast doch deine von mir beneidete Freiheit.

Also ich denke, wir zwei sind mitten in einem Testlauf mit dem „sich zu Tode verlieben!" Ist ein ganz verrückter Zustand und soll eigentlich nur bis zum Moment der erfolgreichen Befruchtung stattfinden (laut Studie haben wir das in unseren Genen). Danach sollte es ruhiger zugehen. Mit der Intensität, wie das derzeit bei uns abläuft, lebe ich noch eine gefühlte Woche!

Ich werde diese Kadenz beim Schreiben und Fühlen so nicht aufrecht erhalten können Baby! Dies schon mal als Warnung vor meiner diesbezüglichen Kondition!

Verliebtheit kann deine Gesundheit gefährden!

Nun Baby, muss noch etwas arbeiten. Ich wünsche dir heute ein frohes Fest und gute Begegnungen, bleib wie du bist und denke auch an dein Wohlbefinden …

Viel Liebe aus Allschwil!

Bussi,

Stranger

Seine Worte sind wie ein Schlag ins Gesicht. Der Austausch der letzten Tage hat sie wie ein mit Glückshormonen gefüllter Ballon abheben lassen. Nun fühlt es sich an, als ob er mit einer Nadel gepikst wurde und die Luft entweicht.

Tut er nur so, oder will er mich nicht verstehen? Merkt er denn gar nichts? Es braucht nicht für immer eine platonische Liebe zu bleiben!

Nach den ernüchternden Andeutungen wechselt er zu einer Prise Humor, bevor er erklärt, dass er dem Druck nicht mehr standhalten könne.

Und dann der Quatsch Verliebtheit kann die Gesundheit gefährden. Also bitte! Lieber wirft er mich in die Arme eines anderen?

Irritiert schüttelt sie den Kopf. Es ändert nichts. Sie ist verrückt nach ihm! Was immer sie ihm auch vorher geschrieben hat. Rigoros schiebt sie alle Bedenken bei Seite und hämmert wie besessen drauf los.

3.7.2019, 14:12

Hi Stranger,

mit der erfolgreichen Befruchtung bei mir wird es ein wenig schwierig, Haha.

Diese erregende, wenn auch leider nur platonische Liebe mit dir und der ganze Briefwechsel machen mich an. Da explodieren Gefühle, die mir Angst einjagen. Du machst mir Angst … Aber ich habe mir was vorgemacht. Sorry! – Ich will nur dich!
Jede Minute male ich mir den Moment aus, wenn wir uns wieder sehen. Verrückt!

Warum beneidest du meine Freiheit? Zerreiße deine Fesseln. Mach dich frei, atme wieder, lebe so, wie du es dir wünschst, vorstellst. Du hast es in der Hand!

Pola filakia,

Baby, die Unverbesserliche

Sie kommt nicht mehr dazu, weiter über ihre verkorkste Situation nachzudenken. Doris und Abdel betreten die Terrasse und winken ihr freudestrahlend zu. Sie haben marinierte Fische mitgebracht, die sie auf dem Grill langsam garen wollen. Die 3 verbringen einen harmonischen Nachmittag und verdrängen den Abschied, der unweigerlich immer näherkommt.

„Sag mal, schreibt ihr euch immer noch aufregende Mails, dein Küsser und du? Du hast gar nichts mehr erzählt."

„Doch schon. Es ist alles kompliziert. Frag lieber etwas anderes."

Doris tut ihre Schwester leid. Sie fühlt, dass sie bedrückt ist. In den letzten Tagen strahlte sie, war fröhlich wie schon lange nicht mehr. Sie wünscht ihr von Herzen, dass sie endlich wieder glücklich wird.

Dann ist der Moment gekommen. Sie müssen aufbrechen, um nicht das Passagierschiff nach Venedig zu verpassen. Nach gefühlvollen Umarmungen steigen die 2 ins Auto. Ein letztes Winken, ein Hupen und dann sind Doris und Abdel hinter einem Olivenbaum verschwunden.

Der Abschiedsschmerz ist von kurzer Dauer. Zu sehr beschäftigt sie ihr letzter Briefaustausch. Sie lässt das Geschirr in der Küche stehen und setzt sich mit einem frischen Glas Prosecco in einen bequemen Sessel. Sie seufzt tief. Ein Aufruhr der Gefühle, Leidenschaft, die ganzen Emotionen überrennen sie. Hoffnung, Scham, Wut, Schuld, Frust. Sie fühlt sich mit allem total überfordert.

Was ist aus unserem leichten, erfrischenden Briefaustausch gewor-
den? In was bin ich da nur hineingeschlittert? Wie konnte das so
weit kommen?

Nachdem die Küche aufgeräumt ist, holt sie den PC. Ihr Herz
klopft zum Zerspringen, als sie eine Mail von ihm entdeckt.

3.7.2019, 17:23

Baby, Baby. Angst ist ein schlechter Partner.

Du glaubst es nicht. Auch ich wollte heute Morgen über
meine Furcht schreiben. Habe dann alles wieder gelöscht.
Meine Bedenken sind eher die, dass wir uns zwar sehr gut
über Briefe verstehen und uns so lieben gelernt haben, aber
das wirkliche Zusammensein null kennen! Das müssten
wir zuerst einmal erleben.
Du schreibst, dass du mich haben möchtest. Das ehrt mich,
schmeichelt mir und macht mich ganz verrückt. Ich habe
Angst, dass ich in deinem wilden Leben gar nicht mithalten könnte. Da bin ich direkt ein Langweiler.
Ich kann mich nicht konzentrieren und etwas vernünftiges Schreiben. Sorry Baby, muss erst drüber schlafen. Weiß
aber nicht, ob es dann besser geht.
Nun fahre ich mit dem Zwerg im Velokörbchen nach Biel-
Benken und nehme einen Apéro zur Beruhigung!!
Ich wünsche dir viel Erfolg mit deiner Hochzeitstorte und
wiederum eine frohe Party heute Abend …

Ich denke, wir müssen ein wenig ruhiger werden und uns
nicht so aufputschen. So schön das auch ist!

Großes Bussi,

Stranger

Sie legt sich in die Hängematte und schließt die Augen. Es ist wunderbar still. Sie liebt diesen magischen Moment, das letzte Licht des Tages, bevor die Sonne untergeht. Sie hat noch eine halbe Stunde Zeit, bis sie sich für die große Garten-Party bei Vanessa zurechtmachen muss. Sein Schreiben hat sie nachdenklich gemacht.

Er hat recht mit dem Herunterkommen. Denn auch für sie wird es immer unerträglicher, die angestauten Gefühle auszuhalten, ohne etwas Fundamentales ändern zu können. Die letzten Mails erinnern sie an ein temperamentvolles Finale eines kraftvollen Allegro, welches von einem großen Orchester gespielt wird. Sie würde ihn gerne näher kennenlernen. Aber auch er muss es wollen.

3.7.2019, 19:04

Hey Stranger, hast du dich beim Apéro wieder beruhigt?

Zum Glück kennst du mich jetzt schon ein wenig. Anstatt wie du es gemacht hast, das impulsiv geschriebene Mail zu löschen und das Ganze nochmals zu überdenken … Schwupps, war mein Finger auf der SEND Taste.
Du schreibst ganz richtig und hast es besser ausgedrückt als ich. Wir haben uns über die Briefe sehr schnell verliebt, aber ansonsten kennen wir uns nicht. Wir waren noch nie allein und ungestört!
Wenn ich unter deiner Berührung zittere, ist das nichts weiter als Wunschdenken. Sollte ich wirklich mal deine Hände spüren und es würde nichts passieren … Was dann? Ich habe Angst, dass meine ganze, schöne „Stranger Illusion" zusammenbricht.
Aber was sind das für Menschen, die sich 1-2 Mails täglich schreiben, was geht in ihnen vor? Es wäre aufregend, wenn wir die Möglichkeit hätten, es auszuprobieren. Angefangen bei einem Abendessen, wo wir uns unterhalten und beschnuppern könnten.

Was für ein wildes Leben habe ich denn, vor dem du dich fürchtest? Ich genieße nur besondere Momente, wann immer sie sich anbieten. Ich liebe es, bis November oder Dezember in Korfu zu sein. Habe dann keine Gäste mehr. Sitze viel vor dem Kamin, schreibe oder lese, lade liebe Freunde zu einem guten Essen ein oder fahre zur Abwechslung aufs Festland. Ich liebe den Winter genauso wie den Sommer. Flitze auf den Skiern die Pisten hinunter, gleite auf einsamen Langlaufloipen oder stapfe mit den Schneeschuhen durch den verschneiten Wald.

Mein großer Traum ist, die Antarktis zu bereisen. Es wäre eine umwerfende, einmalige Erfahrung, wenn das klappen würde. Aber allein macht das nur zur Hälfte Spaß. Bin jemand, der gerne teilt, sich austauscht.

Du bist kein Langweiler. Man braucht nicht jeden Tag Bergspitzen zu erklimmen, um interessant zu sein. Aber zu einem Tandemflug möchte ich dich schon überreden, das ist irre! Vielleicht brauchst du nur jemand, der dich mitreisst, mit dem du neue Sachen ausprobieren kannst … Mut hast du ja!! Jeder, der sich mit mir in einer Mail anlegt, muss mutig sein. Haha.

Du wanderst auch gerne in den Bergen. Da haben wir eine Gemeinsamkeit. Ich liebe Kanufahrten, Paragliding. Ich werde mich in diesem Sommer in eine Kletterwand wagen. Hab das auch noch nie gemacht, aber ich möchte es versuchen. Vor drei Tagen stand ich auf dem Flying Board. Obwohl ich das Ganze noch nicht richtig beherrsche, hat es viel Spaß gemacht. Aber wild ist das alles nicht, nur abwechslungsreich.

Ich denke genauso wie du. Wir sind viel zu schnell in unserem Briefverkehr, sozusagen zum Orgasmus gekommen. Von nun an, ich verspreche es dir, halte ich meine Finger im Zaum. Ich will dich nicht vergraulen. Unser täglicher Austausch bedeutet mir viel und den möchte ich nicht verlieren. Also hier die nächste Folge meines Lebenslaufs. Nur ein kurzer Abschnitt heute:

Für das Rendezvous mit diesen Traummännern zog ich meine neue, schwarze Jeans an, die ich mir in Piräus mit dem Geld der Deutschen von der Segeljacht gekauft hatte. Mit der bestickten weißen Baumwollbluse aus dem Kibbuz setzte ich bestimmt einen neuen, modischen Trend. Aber die Krönung war definitiv meine selbstgeschnittene Igelfrisur. Du kannst dir vorstellen, dass ich von modischer Eleganz und Stil weit entfernt war.

Also, ich komme zum vereinbarten Ort. Mein erster Impuls war: „Renn weg! Hau ab!" Das ist eine Nummer zu groß für dich! Vor mir standen wie aus einem Fellini-Film 3 bildschöne, modisch gekleidete Menschen. Mon dieu, was soll ich hier? … Zuerst hatte ich nur Augen für diese vollbusige Sirene mit langen, rotblonden, lockigen Haaren. Verlegen schaute ich zu den blendend aussehenden Topmodels in ihren weißen Leinen-Sakkos. Sie sahen unglaublich sexy aus. Meine Knie zitterten, als sich mein Traummann mit einem offenen Lächeln, aus dem eine Reihe ebenmäßiger weißer Zähne aufblitzte, als Jorgo, vorstellte.

Das war der Anfang von 34 wundervollen Jahren …
Nun wünsche ich dir einen schönen Abend.

Herzlicher Gruß aus Korfu. Ich stürze mich jetzt ins Vergnügen.

Filakia pola und dicke Umarmung (das ist erlaubt, oder?),

Baby

Unzählige Sterne leuchten am wolkenlosen Himmel. Der Mond reflektiert sein Licht wie eine goldene Straße auf dem Meer. Und der Blick auf die Marina mit den unzähligen, weißen Segelbooten und Jachten ist traumhaft. Es ist ein schönes Bild, das sich ihr bietet, als sie bei ihren Freunden eintrifft. Dekorative Lichterketten hängen an den Bäumen. Auf den Tischen leuchten zwischen den bunten Tellern und Gläsern unzählige Teelichter. Für die allgemeine Stärkung sorgt ein erlesenes Buffet mit köstlich duftenden, kalten und warmen Speisen.

Einige der weiblichen Gäste flattern in ihren langen Sommerkleidern wie bunte Schmetterlinge herum. Die jüngeren Herren wählten wegen der Hitze Bermudashorts. Die ältere Generation weite Hemden mit hochgerollten Ärmeln, die sie locker über den hellen Leinenhosen tragen. Die rhythmische Musik hat die ersten Paare zum Tanzen animiert. Andere stehen mit einem Drink in der Hand in Grüppchen und unterhalten sich angeregt.

Sie wird von ihren Freunden mit großem Hallo begrüßt. Der Bräutigam drückt ihr ein Glas Prosecco in die Hand und macht ihr Komplimente. In ihrem schwarzen, langen Trägerkleid und den silbernen Swarovski-Sandalen sieht sie wirklich super aus. Sie fühlt sich jung und begehrenswert. Sie strahlt vor Freude.

Die wundervolle, laue Sommernacht, stimmungsvolle Klänge, immer gefüllte Gläser, das Tanzen, Flirten, all diese Reize sorgen für eine unglaubliche Stimmung. Es ist das erste Mal seit Wochen, dass sie nicht an ihn denkt.

Gegen Mittag wacht sie mit einem Kopf auf, als ob kleine Teufelchen auf einer blechernen Gießkanne herumhämmern.

Ohhh, shit … In meinem Alter sollte man mehr Verstand haben!

Ihr verkatertes Spiegelbild gibt ihr den Rest. Sie stellt sich unter die kalte Dusche, bis die Kopfschmerzen langsam nachlassen. Sie zieht ein leichtes Strandkleid über und setzt sich mit einem starken Kaffee und Toast in ein schattiges Plätzchen.

Habe ich ihn mit meinen Gefühlen überrumpelt? Hat er sich wieder beruhigt?

Ihre Lebensgeister kehren langsam zurück und sie freut sich auf die Strand-Party. Bevor sie abdüst, wirft sie noch schnell einen Blick in die Mailbox.

Hey Baby,

mutiere, glaub ich, grad vom Prinzen zum Frosch. Bin völlig blockiert!

Schreibe später!

In Halikounes, einer noch unberührten Küste im Südwesten von Korfu, treffen sich das Brautpaar und etwa 45-50 geladene Gäste an der einzigen Beach Bar. Die coolsten Tracks, die meisten davon spanische Sommerhits, dazu jede Menge Mojito und Bier sorgen für eine Megastimmung. Zwischendurch tauchen einige in die erfrischenden Wellen, während andere am endlosen Sandstrand entlanglaufen. Wieder andere bewundern die Kite-Surfer oder liegen faul in der Sonne, um sich von der durchgemachten Partynacht zu erholen.

Am späten Nachmittag wird die hungrige Gesellschaft aufgefordert, in die Bucht von Alonaki zu spazieren, wo sie in der Fisch-Taverne ein leckeres Essen erwartet. Gekrönt wird der absolut bombastische Tag mit einem atemberaubenden Sonnenuntergang. Für einige Minuten werden alle ganz still, um diesen magischen Moment bewusst zu erleben.

Ein wundervoller, abwechslungsreicher Tag geht zu Ende. Es ist fast Mitternacht. Nachdem sie ausgiebig geduscht und sich den Sand aus den Haaren gewaschen hat, sitzt sie mit gekreuzten Beinen auf dem Bett. Angespannt öffnet sie die Mail Box.

Es kann nicht sein, dass er immer noch ein Frosch ist!

Hey Baby,

bin in Basel in einer Gartenbeiz und genehmige mir ein Bier. Nebenan werden meiner Karre gerade 2 neue Pneus montiert.

Ich musste aus dem Büro. Habe keine ruhige Minute und kann kaum klar denken!

Meine Gedanken kreisen ununterbrochen um unsere abenteuerliche, erregende, platonische Beziehung, die du gerne in eine echte Partnerschaft ändern möchtest! Sicher wäre das sehr schön. Auch ich glaube, dass wir es prickelnd und erfüllend zusammen hätten! Gemeinsam in die Antarktis und Winter mit dir auf Korfu, Bergtouren usw. ist alles gewaltig und reizvoll!

Die Sache mit dem Trennen ist für mich aber eine unüberwindbare Hürde! Ich habe wegen dem Briefaustausch mit dir bereits ein schlechtes Gewissen Hedi gegenüber. Ich bin ein ganz schwieriger Fall Baby!!

Meine Karre ist fertig, ich werde dir am Abend weiterschreiben. Hast du überhaupt noch Lust drauf?

Bin etwas verzweifelt …

Große Umarmung und Küsschen,

Stranger

Trennen ist für ihn eine unüberwindbare Hürde! … Was ist das denn für eine lahme Aussage!

Nachdem sie runtergefahren ist und einigermaßen klar denken kann, macht sie sich Vorwürfe. Sie ist um seine Gesundheit besorgt. Er ist psychisch nicht belastbar und außerdem in einer festen Beziehung. Nur zu oft verdrängt sie gerade diese überaus wichtigen Tatsachen.

4.7.2019, 20:34

Good evening Baby,

ist bei dir alles OK? Ich vermisse so sehr eine Nachricht von dir. Nur ein kleines Zeichen, dass es dir gut geht. Es ist schwer, nichts von dir zu hören! Vergiss das nie!

Stranger

Was soll denn das jetzt?

Mit klopfendem Herzen liest sie seine Mails mehrmals durch. Ist er verzweifelt oder tut er nur so? Fakt ist, er wird nie aus der Beziehung ausbrechen, um sich mit ihr in eine neue ungewisse Zukunft zu stürzen. Hoffentlich fällt er nicht durch den intensiven Briefwechsel in eine Krise.

Natürlich ist es für sie erregend, aber zu welchem Preis? Sie hat mit einem solchen Ausgang nicht in ihren wildesten Träumen gerechnet. Wie konnte sie sich in jemanden verlieben, mit dem sie keinen Moment allein war, ihn noch nie richtig geküsst, geschweige denn mit ihm eine Nacht verbracht hatte. Und wie will sie wissen, ob er der Richtige ist? Für die Liebe gibt es keine Garantie. Aber wenn man es nicht ausprobiert, wird man es auch nie erfahren.

Was für ein Chaos! Sie muss versuchen, die richtigen Worte zu finden, um diese verzehrende Leidenschaft in einer klärenden Mail zu beenden. Nur so werden sie wieder mit einer ganz normalen Brieffreundschaft weitermachen können.

Hey Stranger,

bin eben nach einem langen, superschönen Tag am Strand,
mit Mojitos, Reggae Musik und mit etwa 45 jungen und
auch weniger jungen, wunderbaren Menschen zurück,
und zwar fix und fertig. Bin tatsächlich keine 50 mehr …
Mit meinen durchgeknallten Äußerungen habe ich mich
dieses Mal wirklich übertroffen. Alles nur, weil du geschrieben hast, ich soll die Augen offenhalten, falls der ideale
Partner vor mir auftaucht. Hast es bestimmt gut gemeint
und dir Sorgen um mein Seelenheil gemacht. Tut mir leid!
Also bitte, vergiss mein dummes Gehabe. Du hast eine tolle Partnerin, liebst sie und wirst wieder geliebt und bist mit
deinem Leben zufrieden. Oder?
Ich werde dir auch keine erotischen Geschichten mehr senden. Von jetzt an schreiben wir uns wieder ganz locker, was
uns gerade beschäftigt und so. Denn das möchte ich auf
keinen Fall mehr missen. Ich verspreche dir meine Finger und Fantasien im Zaum zu halten und dich damit in
Ruhe zu lassen.
Wir werden Freunde bleiben und uns weiterhin schreiben.
Denn ich spüre ganz fest, dass etwas zwischen uns ist, das
uns verbindet. Ich würde mich sehr freuen, wenn du mir
so viel Vertrauen entgegenbringen könntest.

Nun schlaf gut. Träum was Schönes. Vergiss die letzten
24 Stunden und freu dich am Sonntag auf das Beth Konzert.

Dicke Umarmung,

Baby

Warum muss ich immer so verständnisvoll sein, mich um andere sorgen, anstatt mich einmal wie eine egoistische Bitch aufzuführen.

Verständlicherweise hat sie eine sehr unruhige Nacht. Gleich nach dem Aufwachen öffnet sie die Mail und ist überrascht, dass bereits eine Antwort auf sie wartet.

5.7.2019, 6:10

Hey Baby,

vielen Dank für deine Zeilen.

Bin fast durchgedreht! Bist aber wirklich eine verrückte Partynudel! Schwing mich aufs Rad und tramp mit dem Zwerg Richtung Nordwesten.
Keine Minute intim und schon eine Partnerkrise.

Großer, langer Kuss,

Stranger

Irritiert liest sie nochmals seine kurze Nachricht. Nach ihrem Rückzug schaut er wieder quietschfidel in die Welt. Kein Zwang mehr, kein Entscheidungsdruck, durch und durch zufrieden. Und schon flirtet er wieder hemmungslos drauf los. Oder wie soll sie seinen Gruß verstehen: *„Großer, langer Kuss.“* Sie versucht alles, um sich zurückzuhalten, um einen neutralen Stil zu finden und er spielt die unbekümmerte Verführung schlechthin.

Haha … Vielleicht ist das die Würze in unserer speziellen Beziehung.
Wünsche dir einen schönen Tag.

Kisses,

Baby

Morgen ist der große Tag und die Hochzeitstorte ist noch nicht fertig! Langsam kommt sie in Panik. Die Braut erwartet etwas Verrücktes, Originelles, noch nie Dagewesenes von ihr, ganz ihrem Wesen entsprechend. Kurz vor Torschluss kommt ihr endlich eine brillante Idee. Sie will selbst ein 3-stöckiges Tortengestell basteln. Dazu braucht es ein bisschen Geschick, verschieden große, runde Holzteile oder dicken, stabilen Karton und Tüll, um alles zu umwickeln.

5.7.2019, 12:51

Nur ein kurzes Hallo. Heute Morgen hatte ich ein Kopf-an-Kopf-Rennen mit der Zeit, um alles für die Hochzeitstorte zu besorgen. Nun steh ich in der Küche und stelle mich mutig der Herausforderung. Ich werde ein Foto meiner Kreation in meinen Status von WhatsApp stellen. Nur für den Fall, dass du einen Blick auf das Ergebnis werfen willst. Ich tropfe. Wasser rennt über die Innenseite meiner Schenkel. Hilfe! Ich will zum Strand!

Küsschen

PS: Eine fremde Katze hat sich heute Morgen in mein Haus geschlichen und das Sofa voll gekackt!

Schon als Kind hatte sie mit der Braut eine ganz spezielle Affinität und kennt ihre verrückte Seite. Deswegen will sie ihren kleinen Schatz anstelle einer traditionellen Torte mit einem Spanakopita überraschen. Es ist ein griechischer Spinatkuchen, von dem die Braut schon als Kind behauptet hat, dass ihrer der allerbeste sei. Den ganzen Nachmittag wird mit Feuer und Flamme gebacken und gebastelt. Sie ist überzeugt, dass sie mit diesem Gag bei den Gästen nicht nur für Heiterkeit sorgt, sondern der Braut damit eine große Freude bereiten wird.

Nachdem der Kuchen abgekühlt ist, wird er in mundgerechte Stücke geschnitten und auf dem fantasievoll angefertigten Tortengestell verteilt. Sie strahlt und betrachtet stolz ihr Kunstwerk. Ein echtes Unikat von Hochzeitstorte!

6.7.2019, 9:11

Good morning Stranger,

kann mich für einige Stunden verdünnisieren und fahre an den Strand, bevor die Feier beginnt. Wir werden uns am Montag bestimmt viel zu erzählen haben. Wünsche dir ein Knaller-Wochenende.

Kisses,

Baby

Entspannt liegt sie auf der Sonnenliege und genießt die Ruhe am Morgen. Nur das leichte Rollen der Wellen, die sich am Ufer brechen und der Schrei einer Möwe, die tief über dem Meer segelt, dringen an ihr Ohr. Sie ist froh, dass sie noch einige Stunden mit Schwimmen und Entspannen verbringen kann, bevor die Festlichkeiten beginnen. Die letzten Tage hatten es in sich. Es ist so viel passiert. Die mit Emotionen gepackten Mails, Partys und natürlich die Challenge mit dem gewagten Hochzeitskuchen, der bestimmt lange für Gesprächsstoff sorgen wird.

Kritisch betrachtet sie sich im Spiegel. Das pastellfarbene, ärmellose, lange Kleid steht ihr super und harmoniert wunderbar mit ihren hellen Haaren. Auch das dezente Make-up ist gut gelungen; die Lippen leuchten in einem kräftigen Koralle. Endlich lächelt sie ihrem Spiegelbild zu. Sie hat eine ebenmäßige schöne Haut, strahlend weiße Zähne und ist schlank. *Wenn er mich jetzt sehen könnte, müsste er sich verlieben!*

Als sie mit dem Brautstrauß, den sie unterwegs abgeholt hat, im Pink House eintrifft, sind alle in heller Aufregung. Die hübschen Brautjungfern tragen bereits ihre blauen, bodenlangen Kleider. Äußerst konzentriert verwandelt ein junger Friseur und Kosmetiker die Braut und ihre Mädchen in bezaubernde Prinzessinnen. Prosecco wird herumgereicht, es wird gelacht, umarmt und immer wieder auf das Glück der zukünftigen Eheleute angestoßen.

Eine weiße XXL-Limousine steht für die fröhliche Gesellschaft bereit. Strahlend schön schreitet die Braut in einem märchenhaften Kleid in zarten Creme-Tönen, welches ihre Taille perfekt zur Geltung bringt, die Treppe hinunter. Der Brautstrauß rundet das perfekte Bild ab. Freudig erregt helfen die jungen Schönheiten der Braut ins Auto, wo sogleich unter nervösem Kichern eine Flasche Prosecco geöffnet wird.

Sie holt ihre Freundinnen ab und fährt mit ihnen zusammen in die Stadt. In der trendy Café-Bar Bristol, die Inhaberin ist eine Schulfreundin der Braut, gibt sich das Paar im Beisein ihrer Familien und über 100 Gästen das Eheversprechen. Man beschnuppert sich, macht sich bekannt, Trauzeugen halten spaßige Reden und die Gläser sind schneller leer, als sie nachgefüllt werden können. Schon jetzt sind alle in Partystimmung. Für den restlichen Abend bestens vorbereitet, laufen anschließend alle beschwingt durch die Stadt zum Restaurant vom Segelklub in der alten venezianischen Festung. Die Umgebung, der Blick auf den Hafen und das Meer, die ganze Atmosphäre ist einzigartig. Die Gäste werden mit leckerem, griechischem Essen verwöhnt. Witzige Anekdoten über das Brautpaar werden zum Besten gegeben. Am

Schluss hat die skurrile Hochzeitstorte unter viel Applaus ihren großen Auftritt. Durch die exzellente Musikwahl des DJ wird bis in die Morgenstunden getanzt und gefeiert.

Seine Mail muss bis zum Abend warten. Am Mittag ist sie mit ihren engsten Freunden und deren Kindern am Strand von Barbati zum Chillen verabredet. Die Sonne strahlt von einem wolkenlosen Himmel. Es ist heiß. Obwohl ein leichtes Lüftchen vom Meer her weht, läuft ihr der Schweiß die Stirn herunter. Die paar Meter bis zum Treffpunkt, die sie am überfüllten Strand entlanglaufen muss, gleichen einem Hindernislauf.

Ihre Freunde sitzen unter großen, weißen Sonnenschirmen und winken ihr freudig zu. Auf dem Tischchen steht kaltes Bier und jede Menge Wasser in Eiskübeln. Den Gesichtern nach zu urteilen ist sie nicht die Einzige, die unter der Affenhitze und zu wenig Schlaf leidet. Die jungen Schnapsleichen liegen im Schatten der wenigen Bäume auf großen Strandtüchern und schlafen. Sie wischt sich den Schweiß aus der Stirn und schnappt sich durstig eine kleine Wasserflasche.

„Uff, tut das gut. Ich muss ins Wasser. Man sieht sich," und weg ist sie.

Zwischen all den Badenden, die Abkühlung suchen, entdeckt sie Eileen, die Brautmutter, die bis zum Bauch im Wasser sitzt und das bunte Strandleben beobachtet. Mit langen Schritten geht sie hinunter und springt neben ihr ins Meer. Sie taucht erst wieder auf, um nach Luft zu schnappen. Mit einem wohligen Seufzer schwimmt sie zu ihrer Freundin zurück. Genussvoll taucht sie nochmals unter und bleibt neben ihr im erfrischenden Wasser liegen.

„Tut das gut!"

„Was ist bloß mit uns los. Ein wenig Party und wir machen schlapp."

„Ach quatsch, es ist nur die extreme Hitze, die uns zu schaffen macht. Schau dir die Jungmannschaft an. Die nächsten Stunden sind die nicht ansprechbar."

Sie lächelt. „Früher waren wir nach einer durchfeierten Nacht auch funktionsunfähig."

Einer nach dem andern kommt und setzt sich zu ihnen ins Wasser, denn große Lust oder Energie zum Schwimmen hat niemand. Dafür wird animiert über die gelungene Hochzeitsfeier diskutiert, bis sich der Hunger meldet. Nach einem späten, leichten Lunch ist sie fix und fertig und will nur noch nach Hause und schlafen!

Obwohl sie zum Umfallen müde ist, öffnet sie nach dem Duschen die Mailbox.

7.7.2019, 18:50

Hey Baby,

bin grad im Auditorium von Augusta Raurica und warte eine geschlagene Stunde auf Beth Hart. Die Vorband spielt so lauwarm wie mittlerweile das Bier in der Dose. Es kann nur noch besser werden.

Liebe Grüsse,

Stranger

7.7.2019, 20:28

Hey Girl,

es ist fantastisch! Beth auf Betriebstemperatur!

Er schickt ihr über WhatsApp einen Song, den er live aufgenommen hat. Die Stimmung muss unglaublich gewesen sein. Aber dann kann sie sich nicht mehr konzentrieren. Obwohl es draußen immer noch hell ist, schließt sie mit einem kleinen Lächeln die Augen. Sie freut sich für ihn, dass er zusammen mit seinen

Kumpels am Konzert seiner Lieblings-Rock-Sängerin teilhaben durfte. Im nächsten Moment fällt sie in einen tiefen, traumlosen Schlaf.

8.7.2019, 7:14

Good morning Stranger,

bin gestern endlich mal früher in die Klappe, aber nicht ohne vorher deine Kostprobe abgespielt zu haben. Danke, dass du an mich gedacht und einen Megamoment mit mir geteilt hast.

Die Atmosphäre an einem Konzert kann man mit nichts vergleichen. Den Text vom Song „Take it easy on me" konnte ich nicht immer verstehen und habe ihn mir dann im Internet geholt. Krass … Spricht mir aus der Seele!

Um 4 Uhr bin ich aufgewacht. Bis auf das regelmäßige Rufen eines Käuzchens in der Ferne und das starke Atmen einer der Schleiereulen, die auf dem Dach gesessen sind, war alles still. Ich versuchte mit Yoga-Atemübungen wieder einzuschlafen. Hat dann doch noch geklappt.

Jeden Morgen werde ich vom Zirpen der Grillen begrüßt, das typische Geräusch des Sommers. Ich liebe das! Weckt schöne Erinnerungen an warme Sommernächte.

Auch die Jungen müssen sich nach all den Festen erholen! Bei unserem kleinen After-Party-Chill-Treffen am Strand gestern sahen einige recht mitgenommen aus und schliefen wie narkotisiert stundenlang im Schatten. Die, welche die Party überlebt haben, unterhielten sich animiert über die Hochzeit oder erfrischten sich beim Schwimmen. Ich liebe es, diese heißen Sommertage mit lieben Freunden am Strand bei cooler Musik und eiskalten Mojitos oder Margaritas zu verbringen.

Die Hochzeit am Samstag war erstklassig. Über 100 Gäste trafen sich in der Bar zum Apéro, wo sich das Brautpaar kennengelernt hatte. Dort tauschten sie ihre berührenden Eheversprechen aus. Es ging sehr emotional zu.

Ich traf Bekannte, die ich seit Jahren nicht mehr gesehen habe. Kinder von Freunden, die weggezogen und extra zu dieser Hochzeit von überall her angereist sind. Die Stimmung war vom ersten bis zum allerletzten Moment fantastisch, die Atmosphäre elektrisch geladen. Alle spürten die Energie der Freundschaft und Liebe, die uns alle miteinander verbindet.

Später lief die Truppe durch die Stadt zum Segelhafen in der alten Festung. Es war sehr warm. Der Ort perfekt, romantisch, das Essen vorzüglich. Mein Kunstwerk wurde unter großem Applaus auf einem kleinen Tischchen präsentiert. Das Highlight aber war der unter begeistertem Klatschen und Pfeifen sinnliche Eröffnungstanz des frisch verheirateten, glücklichen Paares. Der Startschuss für eine unvergessliche Party.

Ich war ganz im Element und ließ kaum einen Tanz aus. Frag nicht, von wo ich die Energie herhatte. Meine Freunde meinten lachend, dass ich junge, männliche Tänzer, wie das Licht die Motten, angezogen hätte.

Mit brennenden Füßen und halb im Koma fiel ich so um 4 Uhr morgens ins Bett. Heute Nachmittag geht es weiter mit einer Pool- und Grillparty bei den Eltern der Braut.

Ich hoffe, dass du nach dem Konzert doch noch zu deinem kühlen Bier gekommen bist.

Ich wünsche dir einen super Start in die Woche.

Große Umarmung und zärtlicher Kuss,

Baby

Good morning Baby,

danke für deine tollen Berichte. Ist ja gewaltig, was bei dieser Hochzeitsfeier alles abgegangen ist. Zu welcher Musik wurde getanzt? Offen, mit- oder ohne Partner? Wurde auch mit traditioneller griechischer Musik getanzt?
Ich hatte dieselben Probleme wie du mit Schlafen. Bin um 3 Uhr aufgewacht und konnte nicht mehr einschlafen. Dann kamen 2 Stunden auch noch lästige Mücken angesurrt. Also Montagmorgen und schon müde. Ich freue mich auf einen Powernap über Mittag. Und du Baby, machst dich schon bald wieder für die nächste Party fit? Wahnsinn das Programm!
Das Konzert hätte dir sehr gefallen! Ich kenne keine andere Sängerin, die mit solcher Bühnenpräsenz, gewaltiger Stimme und Sex-Appeal auf der Bühne rockt! Beim zweiten Stück war sie bereits auf Betriebstemperatur, unglaublich! Nach dem Konzert fuhr ich direkt zu Hedi. In ihrem schönen Garten entspannten wir uns bei einem Glas Rotwein. Nun Baby, ich muss leider schon wieder Schluss machen. Berge von ungerechneten Offerten liegen auf dem Tisch. Ich werde am Donnerstag versuchen, eine Lebensepisode zu formulieren. Ist momentan etwas einseitig mit Schreiben, freue mich aber auf jede Zeile von dir.

Bussi,

Stranger

PS. Hättest du in deiner glücklichen Zeit mit deinem geliebten Mann auch so eine intensive Brieffreundschaft gepflegt? Eine Zumutung, meine Fragerei!

Im Garten der Brauteltern empfängt sie lautes Geschrei und Ge-lächter. Am Pool geht bereits voll die Post ab. In ihrem langen, farbenfrohen Beachkleid, dazu passendem Hut und trendy Son-nenbrille mischt sie sich sogleich unter die ausgelassenen Party-gäste. Hübsche Wassernixen werden von den Jungs an Händen und Füßen gepackt und zum rosaroten Flamingo ins Wasser ge-worfen. Andere bewegen sich in ihren knappen Bikinis oder sexy Einteilern verführerisch zu rhythmischer Musik. Einige Gäste sit-zen am Pool und schlürfen genüsslich Cocktails. In einem großen, mit Eiswürfeln gefüllten Kübel gibt es jede Menge Prosecco, Bier und Wasser. Zwischen den fröhlichen Gästen entdeckt sie ihre Freunde, die im Schatten sitzen und das bunte Treiben beobach-ten. Übermütig blitzen ihre Augen, als sie die Spritzpistole an sich reißt und auf sie zielt. Im Handumdrehen steckt sie mitten in ei-ner ausgelassenen Wasserschlacht. Der ideale Spaß bei der Hitze.

Unmerklich hat die Nacht die Dämmerung abgelöst. Der traumhafte, milde Sommerabend, die unzähligen Sterne und die Ruhe nach dem vergnügten lauten Nachmittag sind thera-peutisch. Man sitzt in kleinen Gruppen zusammen und unter-hält sich leise. Köstliche Salate und Fleischspießchen, die zur Stärkung herumgereicht werden, der Geruch von Lavendel und Rosmarin, das Grillen und Zirpen in den Hecken, Prosecco und Bier, all dies trägt dazu bei, dass keiner nach Hausen gehen will.

9.7.2019, 8:45

Hey Stranger,

good morning.

Gäääähn … Stretch … Autsch, mein Nacken … muss ir-gendwie blöd gelegen haben. Gäääähn …
Es wurde 2 Uhr, bis ich im Bett lag, aber es war suuuper!
Wir hatten viel Spaß. Es waren etwa 40 Personen geladen.
Ein wunderbarer Mischmasch verschiedener Nationalitä-

ten von Jung und Alt. Verbrachte viel Zeit im Pool, mit Spielen, Essen und Trinken. Also ehrlich, ich kann nicht mehr. Bin das Trinken, besonders wenn es so warm ist, nicht gewohnt. Auch wenn ich mich unter Kontrolle hatte, kamen von 14:00 bis um 1:45 morgens einige Prosecco zusammen. Ich spür es wirklich. Hab ein ganz flaues Gefühl im Kopf und Magen. Dazu kommen die kurzen Nächte, denn morgens kann ich nicht wie andere bis mittags schlafen, sondern bin bereits um 7 Uhr wach.

Heute ist zum Fitbleiben Sport angesagt. Meine besten Freunde haben ein Motorboot und so fährt eine kleine Gruppe um die Mittagszeit zum Wasserskifahren oder Wakeboarden. Mal schauen, ob ich es nach den durchgefeierten Tagen noch draufhabe. Heute Abend aber geh ich in den Streik! Ich muss endlich mal durchschlafen, meinen Beautyschlaf pflegen, sonst will mich keiner mehr!

Nun zu uns 2. Werde dir alle Fragen der Reihe nach beantworten.

Der Discjockey hatte seine Musikauswahl wirklich gut durchgedacht. Zum Tanzen war für jeden was dabei. Moderne Disco, gemischt mit Musik aus den 70ern aufwärts; zur Belustigung der jüngeren Gesellschaft, die aber fleißig mitmachte. Die meiste Zeit wurde offen getanzt. Zu Rock'n'Roll oder lateinamerikanischen Tänzen, natürlich mit Partner. Griechische Musik fand da keinen Platz, die wird eher an Dorffesten gespielt, wovon es während den ganzen Sommermonaten genügend gibt.

Ich habe einige Gäste über Beth Hart ausgefragt. Aber nur ein älterer Mann aus Schottland kannte sie und wusste von ihrer Europa Tour. Krass nicht?

Ich habe mir einige ihrer Songs im Internet angehört und die Lyrics herausgesucht. Sie ist wirklich super. Ich frage mich, ob du den Text zum Song verstehst, den du mir aufs WhatsApp gesandt hast: „Take it easy on me?" Die Worte gehen unter die Haut! Übrigens vielen Dank. Habe mich sehr gefreut.

Wegen dem Schreiben mach dir keinen Kopf. Du bist ein viel beschäftigter Geschäftsmann. Solltest du nicht auch im Ruhestand sein? Oder Teilruhestand?

Klar freue ich mich immer riesig, wenn du mir schreibst. Schaue mindestens 20mal am Tag nach, ob sich eine klitzekleine Zeile zu mir verirrt hat. Aber ich weiß auch, dass du nicht so viel Zeit hast wie ich. Schließlich schreiben wir uns nicht einmal in der Woche, sondern jeden Tag! Verrückt nicht? Wie hast du so schön geschrieben, man wird süchtig, es ist fast schon wie eine Droge auf ein Zeichen vom andern zu warten.

Nun zu deiner PS:

Ich weiß, dass ich mich jetzt ins eigene Fleisch schneide und damit rechnen muss, von dir nie mehr eine Zeile zu sehen. Aber ich bin absolut ehrlich. – NEIN! – Ich hatte ein erfülltes Leben und brauchte keine erregenden Briefe oder Flirts, um meine Tage aufregender zu gestalten.

Pola filakia,

Baby

Es gibt nichts Besseres, um abzuschalten, als über die Wellen zu gleiten und das unbeschreibliche Gefühl von Freiheit zu genießen. Die sportlicheren unter ihnen haben sich zum Wasserski verabredet und leben die Aktion und Spaß auf dem Wasser voll aus. Und doch kreisen ihre Gedanken nur um eins. Hat sie mit ihrer Ehrlichkeit alles kaputtgemacht? Bedeutet ihm seine momentane Beziehung doch mehr? Aber wenn er glücklich wäre, hätte er ihr doch niemals diesen Kuss nach dem Klassentreffen auf die Lippen gehaucht und eine Mail-Freundschaft angefangen. Also, warum tut er das?

Sie liebt Wasserskifahren. Es geht aber auch ganz schön in die Beine und Arme. Als sie am Nachmittag ausgepowert nach Hause kommt, legt sie sich sofort aufs Ohr. Eine ausgedehnte Siesta ist dringend nötig. Nicht nur die letzten durchgemachten Nächte, sondern auch die psychische Belastung haben sie sehr mitgenommen.

Sie muss in einen tiefen Schlaf gefallen sein. Denn als sie etwas benommen aufwacht, hat die Dämmerung bereits eingesetzt. Durstig holt sie sich Wasser aus dem Kühlschrank und steigt noch etwas groggy in die Dusche. Unter dem erfrischenden Wasserstrahl kommen ihre Lebensgeister schnell zurück. Sie kämmt sich die nassen Haare und zieht ein luftiges Kleidchen an. Auf dem Weg nach unten schnappt sie sich den PC und setzt sich in einen der bequemen, alten Bambussessel.

9.7.2019, 13:43

Hi Baby,

danke für deine Ehrlichkeit.

Vorab, ich werde dir gerne weiterhin schreiben, wenn du das auch noch möchtest.
Ich bin allerdings an einen Punkt von seelischer Überlastung gekommen! Laut meinem Psychologen soll schon eine Beziehung, wie wir sie da anregend pflegen, ohne dass es die Lebenspartner wissen, bereits zum FREMDGEHEN zählen! Vermutlich hat er recht! Wenn ich dir schreibe und mich literarisch liebevoll in unsere geistige Verbundenheit begebe (schön formuliert nicht?), spürt das Hedi!!
Liebes, ich fühle mich besch ... und komme tatsächlich auch mit meiner Psyche immer tiefer in die Krise. Mein Vorschlag wäre, dass wir die Kadenz unserer Mails etwas kürzen. Was meinst du dazu?

Noch etwas Generelles zu unseren beiden Lebensformen.
Ich vermute jetzt wirklich, dass wir nicht sehr harmonieren würden. Ich könnte nie auch nur ansatzweise mit deinem Partyleben mithalten. Keine Chance Baby.
Muss ich leider eingestehen!
Vielleicht wäre ich der Gegenpol? Wer weiß?
Die Song-Texte von Beth würden mich schon interessieren, bin aber zu beschäftigt, um dem nachzugehen.
Bis am Donnerstag wünsche ich dir gute Schönheitserholung.

Dein Strahlen macht halt vieles wett.

PS: War eine harte Kost nicht?

Stranger

Ist das die Quittung, dass sie mit ihrer zwanglosen Art seine Beziehung und Depressionen ignoriert hat. Sie hoffte, ihn durch den aufregenden Mail-Austausch für sich zu gewinnen. Wenigstens will er weiterhin schreiben. Anstatt ihm ein schlechtes Gewissen einzureden, hätte der Psychoheini ihn fragen sollen, warum er sie geküsst und mit ihr eine Brieffreundschaft angefangen hat.
Wie eine Verdurstende hat sie sich in diese E-Mail-Beziehung gestürzt und sich eine Fantasiewelt aufgebaut. Sie hat Schmetterlinge im Bauch, kann kaum essen und schlafen. Ihre Augen leuchten, sie ist immer gut drauf und das permanente Grinsen auf ihrem Gesicht ist sogar ihren Freunden aufgefallen.
Sie hat seine Krankheit ausgeklammert und nur an sich und dieses neue, unbändige Glücksgefühl gedacht. Sie war überzeugt, dass auch er das Knistern zwischen ihnen spürt. Nie hätte sie es für möglich gehalten, dass er das auf die Dauer nicht verkraftet.

Was will ich von ihm? Ist dies nur ein Zeitvertreib, ein erregendes Spiel ohne ernsthafte Bedeutung? Oder bin ich wirklich bereit, nach all den Jahren wieder jemandem zu vertrauen, ihm mein Herz zu schenken? Ich kenn ihn kaum! Um herauszufinden, ob mehr zwischen uns ist, muss ich ihn küssen.

Bestimmt ist seine Partnerin jung und hübsch. Warum sollte er sie austauschen? Anscheinend liebt er nur die aufregenden Mails mit mir ... Der Beweis: Wenn's ernst wird, hat er Angst und macht einen Rückzieher. Die Sicherheit seines gewohnten Alltags ist ihm doch lieber.

Die Kadenz in den Mails kürzen, kein Problem, das ist machbar. Aber was soll der Nonsens, dass sie wegen ihrer verschiedenen Lebensformen nicht zusammenpassen? Nur weil sie über eine Woche auf einer Hochzeit mitfeiert! Es ist Sommer. Die Menschen sind in Ferienstimmung, man amüsiert sich. Das heißt nicht, dass sie das ganze Jahr Party macht! Also wirklich, was für ein Vollpfosten! Ist es denn schlimm, dass sie auch jetzt im Alter noch Pfeffer im Hintern hat und unternehmungslustig ist?

Sie will ihm die Lyrics von Beth Hart mit dem Titel „Take it easy on me" schicken, die wie auf die beiden zugeschnitten sind. – Sei geduldig mit mir. Ich habe Angst, mich zu ändern und Angst gleich zu bleiben. Würdest du meine Hand nehmen und mir zeigen, wo mein Platz ist?

Warum versucht sie dauernd alles geradezubiegen, schönzureden? Seine Mail ist eine ganz klare Abfuhr! Warum nur muss sie sich ausgerechnet in einen psychisch angeschlagenen Mann verlieben, der auch noch liiert ist. Das Besten wäre, die Sache sofort zu beenden, bevor es richtig wehtut.

9.7.2019, 20:52

Hey Stranger,

ich hoffe, dass es dir bald wieder besser geht und will das Meinige dazu beitragen.

Natürlich schreibe ich dir weiterhin, werde mich bemühen, die Intensität und langen Details wegzulassen.

Im Anhang findest du die Lyrics von deiner Favoriten-Rockerin. Sie sind großartig und berühren.
Ich werde mit dir im Moment nicht über deine Ansicht, dass wir nicht zusammen harmonieren würden, diskutieren. Ich glaube nicht, dass das der richtige Zeitpunkt ist. Ich wünschte, dass mein Strahlen, wie du so schön schreibst, dein Herz berührt.

Nun schlaf und erhol dich gut.

Baby

In der Ferne hört sie wieder den regelmäßigen Ruf eines Käuzchens. Die Zikaden haben sich auch beruhigt. Der Tag ist der Nacht gewichen. Sie fühlt sich nach den geballten Emotionen ausgelaugt und will im Schlaf alles vergessen. Wie lange wird sie warten müssen, bis er den Mut hat, ihr wieder zu schreiben, bis er sie wieder an seinem Leben teilhaben lässt?

Nach den letzten strahlenden Sommertagen ist der Himmel heute mit dicken, grauen Wolken verhangen. Genau so sieht es in ihrem Herzen aus. Deprimiert sitzt sie am Tisch und weiß nicht recht, was sie anfangen soll. Für ihr Seelenheil wäre es gut, wenn sie zu ihren Freunden fahren würde oder in die Stadt. Aber irgendwie hat sie keinen Bock. Es ist warm und die Schwüle treibt ihr den Schweiß aus den Poren. Durstig steht sie auf und holt sich frisches Wasser aus dem Kühlschrank.

Er schickt ihr drei kurze Mails über das Beth-Hart-Konzert vom letzten Sonntag. Im Anhang liegen ein Song, den er aufgenommen hat und einige Fotos, unter anderem auch eine Nahaufnahme von ihm. Mit klopfendem Herzen betrachtet sie eingehend sein Bild. Sie will nichts von ihm! Nicht wirklich … nur einen Kuss! Ob dies je passieren wird? …

Durstig trinkt sie nochmals Wasser. Mit der Flasche in der Hand geht sie hinaus in den Garten und lässt sich in die Hängematte unter der großen Palme fallen. Der Rasen wird vom Gärtner regelmäßig gemäht und sieht gepflegt aus. Sie liebt die weißblühenden Oleander, die zwischen dem dunklen Grün der Zypressen leuchten. In der Luft liegt der würzige Duft von Rosmarin und wildem Thymian. Allerdings kann man heute wegen der hohen Feuchtigkeit das Meer und die albanischen Berge kaum erkennen.

– Ich fühle mich so einsam –, denkt sie traurig, bevor sie sich vom Zirpen der Grillen einlullen lässt.

Sie entdeckt eine 4. kurze Mitteilung von ihm. Wie soll sie sich nur verhalten? Einige Zeilen schreiben oder lieber noch warten? Ihr Magen macht sich bemerkbar. Aber die Tomaten und der Feta bleiben ihr im Hals stecken.

Sie hält es zu Hause nicht mehr aus und fährt am späten Nachmittag an den Strand. Die Ablenkung tut ihr gut; das Schwimmen im Meer ist eine willkommene Abkühlung. Als sie danach entspannt unter dem Sonnenschirm liegt, steckt sie den Kopfhörer ans Handy und lauscht dem Song von Beth Hart. Es macht sie glücklich, dass er am Konzert an sie gedacht hat und sie schreibt ihm ein kurzes Dankeschön. Als ein knackiger, junger Kellner vorbeikommt, bestellt sie einen Mojito.

Über Nacht haben sich die düsteren Wolken verzogen. Es wird wieder ein herrlich warmer Sommertag mit einem strahlend blauen Himmel. Nackt, die Beine und Arme weit von sich gestreckt liegt sie auf dem Bett und lauscht dem allmorgendlichen Konzert der Zikaden.

11.7.2019, 8:02

Good morning Stranger,

um 11 Uhr treffe ich mich mit einigen Freunden in Evropouli. Wir wollen eine Ausstellung von Graf Kapodistrias besuchen. Spiros, mein ältester Freund, ist der Ururenkel mütterlicherseits von ihm. Stell dir vor, es ist Kapodistrias gewesen, der dafür gesorgt hat, dass wir heute ein unabhängiges Land sind!

Wünsche dir einen schönen Tag,

Baby

Die Gute-Laune-Songs vom Musical Mama Mia erfüllen die Villa. Mit dem Tablett in der Hand beladen mit frischen Brötchen, eigener Marmelade, Kaffee und ihrem Handy tänzelt sie hinaus in den Garten. Voller Vorfreude auf das kleine Kulturevent mit ihren Freunden setzt sie sich zum Frühstücken in eine schattige Ecke. Während sie in ein 2. Brötchen beisst, hört sie den Klingelton. Er hat bereits geantwortet.

11.7.2019, 8:35

Guten Morgen Baby,

das hört sich spannend an! Handelt es sich um einen Vortrag oder Film über dieses politische Ereignis? Interessiert dich Politik und Geschichte? Da hätten wir bereits zwei gleiche Interessen! Respektive 3! Ich liebe Jazz!
Jetzt muss ich an meine Arbeit und wünsche dir ein gutes Treffen mit deinen Freunden.

Liebe Grüße,

Stranger

Das kleine Museum, ein rosafarbenes, typisch korfiotisches Landhaus aus dem 18 Jh. liegt mitten in einem schönen Park. Sie hat sich leicht verspätet. Ungeduldig erwarten sie Despina, ihre

Nichte mit ihrem Mann und deren Wonneproppen, klein Pauli. Strahlend stellt ihr Spiro seinen Neffen vor, den letzten Nachkommen seines Familienzweiges.

„Nun macht schon. Lasst uns hineingehen, drinnen ist es kühler."

Sie freut sich auf die Tour mit diesem berühmten Nachfahren und Liebhaber der griechischen Geschichte. Begeistert folgt ihm die Clique durch die mit antiken Möbeln, Büchern, Karten und weiteren wertvollen Erinnerungsstücken ausgestatteten Zimmer.

„Das Museum ist dem Leben von Graf Ioannis Kapodistrias gewidmet. Er wurde 1776 auf der Insel geboren. Seine diplomatische Laufbahn begann im Alter von 32 Jahren unter dem Zaren Alexander I. Er wurde von den Russen für alle delikaten Missionen eingesetzt. Stellt euch vor, er war von 1828 bis 1831 der erste Staatspräsident Griechenlands. Leider dauerte seine Regierungszeit nicht lange, denn im Oktober 1831 wurde er in Nafplion ermordet."

Voller Interesse lauschen alle dem großen Wissen von Spiro zum Leben seines berühmten Ahnen. Natürlich musste er mit einem Augenzwinkern Wilhelm Tell noch schnell vom Podest stoßen. Schmunzelnd zwinkert er ihr zu, als er erzählt, wie sein berühmter Vorfahr dafür gesorgt hat, dass die Schweiz heute ein unabhängiges Land ist.

Nach dem Rundgang sitzen die Freunde mit einigen anderen Musikliebhabern im Park und genießen ein klassisches Konzert des Mantzaros Orchesters. Was für eine unerwartete, wunderbare Überraschung. Sie schickt ihm ein Foto über WhatsApp.

11.07.2019, 15:49

Das Museum ist das ehemalige Landhaus der Großmutter von meinem Freund Spiro. Anstatt es ihm zu vererben, schenkte sie das Haus der Stadt Korfu. Die haben es renoviert und vor zwei Jahren als Museum zu Ehren Ioannis Kapodistrias, dem 1. Griechischen Präsidenten, eröffnet. Ich habe heute Morgen bereits erwähnt, dass er es war, der die Schweiz vor dem Verderben gerettet hat. Er wurde vom russischen Zaren 1813 als Gesandter in die Schweiz geschickt. 1814 hat er dazu beigetragen, dass ein neuer Verfassungsentwurf aufgesetzt wurde, welcher ein Jahr später in Kraft getreten ist. Demnach soll so die heutige schweizerische Bundesverfassung entstanden sein! Unglaublich, oder? Wurden uns diese Infos in der Schule vorenthalten, oder war ich in der Zeit krankgemeldet? …

In Lausanne am Quai von Ouchy, gibt es tatsächlich seit 2009 eine Büste, die zu Ehren Ioannis Kapodistrias errichtet worden ist. Ich habe sie mit eigenen Augen gesehen. Zudem hat man mir auf die Nase gebunden, dass er anscheinend auch den Beitritt von Genf, Neuenburg und dem Wallis zur Eidgenossenschaft begünstigt hat.

Als Highlight wurden wir nach dem Rundgang mit einem kleinen klassischen Konzert draußen im Park überrascht. Bei schönem Wetter gibt die philharmonische Gesellschaft, eine der ältesten in Griechenland, im Sommer hier oben oft traumhafte Aufführungen.

11.7.2019, 17:12

Danke für die interessanten Infos. Warst anscheinend nicht die Einzige, die in Geschichte gefehlt hat.

Sehr schönes Haus, hat Charme. Du strahlst wieder mit der griechischen Sonne um die Wette. Tolle Sonnenbrille, die du da trägst. Danke fürs Foto Baby!

Bei uns regnet es. Ich wollte gerade ins Rialto zum Schwimmen, leider ist es über die Sommerferien geschlossen! Also direkt in Brune Mutz … *Prost Baby.*

Natürlich ist ihr aufgefallen, dass die warmen Anreden und Grüße plötzlich ausbleiben. Aber was soll's. Sie ist erleichtert und freut sich, dass er ihr weiterhin schreibt. Obwohl es ihr schwerfällt, schließt sie resolut den PC.

Hi Baby,

endlich finde ich die Zeit, dir zu schreiben.

Ich habe es sehr streng momentan. Laufend kommen neue Offertenanfragen herein, die ich zwingend bearbeiten muss. Gestern hatte ich ein Treffen mit meinem Treuhänder wegen der Geschäftsübernahme von zwei meiner Mitarbeiter, was viel Zeit beansprucht. Dann mein Vater, der nebst seiner Krankheit auch immer wieder kapitale Fehler macht und mit seinem Einkommen nicht klarkommt. Im Clara Spital haben die Ärzte trotz vieler Untersuchungen nichts herausgefunden. Mittlerweile hat mein Vater aber wieder eine blutende Wunde am Kopf und klagt über dumpfe Kopfschmerzen, die er sonst nie hatte. Am Montag gehts zum Hautarzt. Nun aber zurück zu meiner Lebensgeschichte. Wo war ich stehen geblieben? Als ich Hedi beim Hundekurs kennengelernt hatte …
Also, ich gab ihr, weil mir wichtig war, dass Shiro gute Sozialkontakte zu anderen Hunden im Welpenalter hat, nach dem Kurs meine Karte. Wir könnten uns irgendwann verabreden und mit den Vierbeinern spazieren gehen. Ich dachte mir nichts dabei. Wochen später rief sie mich an und wir gingen dann ein paarmal mit den Doggies ins Grüne. Hedi hatte schon bald Feuer gefangen und fragte mich ängstlich, ob ich ihre Gefühle erwidern würde. Sehr verliebt war ich nicht, aber sie war genau das Gegenteil meiner kranken Frau. Sie war aufgeschlossen, fröhlich und zeigte viel Verständnis für meine Probleme mit Vera. Ich war gerne mit ihr zusammen und wir konnten über alles reden.

Die Treffen waren natürlich alle ohne das Wissen meiner Frau. Ich musste alle möglichen Ausreden erfinden. Das ging gut, bis ich eines Tages mein Handy im Auto vergaß, den Hund kurz ausführte und während Vera im Auto wartete, eine SMS von Hedi eintraf! Danach gab es Zoff im großen Stil! Ich musste mich entscheiden und suchte mir eine vorübergehende Bleibe. Ich lebte aber praktisch immer bei Hedi. Wir hatten eine wilde und gute Zeit miteinander. Die Therapeutin hat mir in dieser schwierigen Zeit geholfen, meine Gewissensbisse zu überwinden und mich etwas freier zu machen.

Hedi aber wollte mehr. Es störte sie, dass ich meine Frau nicht aus meinem Haus haben wollte. Sie hatte sich das Ganze anders vorgestellt. Ich machte weiterhin Unterhaltsarbeiten am Haus und hatte deswegen auch immer wieder Kontakt zu meiner Frau. Irgendwann engagierte ich einen Pensionär, der diese Arbeiten verrichtete. Der Druck von Hedi war aber permanent da, sie traute mir nicht mehr, weil ich nicht immer alles erzählte. Für mich war das nicht nachvollziehbar. War es Eifersucht?

Es kam oft zum Streit, bis ich eines Tages davonlief. Als Hedi sich dann wieder meldete, haben wir es nochmals miteinander versucht. Mittlerweile hat sie akzeptiert, dass Vera weiter in meinem Haus lebt. Somit ist mir etwas Druck genommen. Ganz frei von schlechten Gefühlen und Gewissen bin ich allerdings nicht.

Derzeit läuft es aber mit Hedi gut. Wir genießen feines Essen, köstlichen Wein und selten auch Ferien.

Nun habe ich dich aber mit vielen Details gelangweilt und klemme jetzt ab. Meine Tablet-Akku ist fast leer!

Ich würde mich auf ein paar Zeilen von dir freuen …

Lieber Gruß und ein zartes Küsschen,

Stranger

Sie freut sich sehr über seinen ausführlichen Lebensbericht. Jetzt versteht sie, warum er sie gebeten hat, nicht über WhatsApp zu schreiben.

Einerseits erwähnt er, dass es mit seiner Lebensgefährtin gut läuft, andererseits vermisst er einen Gruß von ihr. Weshalb schreibt er plötzlich wieder von zarten Küssen? Er wollte doch, dass sie sich mit zu vertrauten Andeutungen zurückhalten! Was ist mit der Kadenz, seinem Tief? Der ist anscheinend schnell aus seinem Loch geklettert und spielt bereits wieder mit dem Feuer.

12.7.2019, 18:38

Hey Stranger,

habe mich über dein offenes und informatives Mail gefreut. Langweilig ist dein Leben gar nicht, kompliziert allenfalls. Dass du deinem Vater eine große Stütze bist, ehrt dich. Bringt aber auch eine Menge Sorgen mit sich. Ich hoffe nur, dass sich seine Gesundheit stabilisiert. Wie geht es deinem Zwergli, hat sich das Knötchen verändert?

Ich wünsche dir viel Glück und Erfolg zu den Verhandlungen der Geschäftsübergabe. Jetzt weiß ich wenigstens, warum du immer noch so viel arbeitest.
Ich will dir nicht auf den Schlips treten, aber interessieren tut es mich schon. Was meinst du mit der Bemerkung: „Ganz frei von schlechten Gefühlen bin ich allerdings nicht?" … Vera gegenüber, weil du mit Hedi zusammen bist? Oder Hedi gegenüber, weil du sie nicht so liebst, wie sie es erhofft? Du schreibst, dass am Anfang eurer Beziehung die Gefühle eher einseitig waren. Und heute?

Bist du mit Vera noch verheiratet?

Du wirst das Wochenende wie immer mit deiner Partnerin verbringen. Ich glaube, in Muttenz gibt es Jazz uff em Platz. Ich wünsche euch schöne Stunden und dass du davon gestärkt in die neue Woche gehst.

Filakia,

Baby

Nach den heißen und trockenen Wochen hat sich am Vormittag ein heftiger Sturm über die Insel entladen. Am Abend kommt ihre Cousine Marianne für einige Tage. Sie freut sich riesig auf den Besuch. Seit ihrer frühen Kindheit verbindet sie eine ganz spezielle Affinität. Im Gästezimmer auf einem zierlichen, antiken Tischchen in einer Schale sorgen frische Pfirsiche und herrlich duftende Rosen aus dem Garten für einen herzlichen Empfang.

13.7.2019, 15:30

Hi Stranger,

dieser Samstagmorgen hatte es in sich. Ein heftiges Gewitter fegte über uns. Für die Natur eine pure Erholung nach den langen trockenen Wochen.
Während ich auf dem Keyboard herumgehämmert habe, hat meine Putzhilfe, eine echte Perle, das Haus auf Vordermann gebracht. Heute Abend trifft meine Lieblingscousine aus Frankreich ein. Ich freue mich riesig. Wir sind uns sehr nah und haben schon viel zusammen erlebt.
Unterdessen hat sich das Wetter beruhigt und ich liege mit meiner Gang am Strand.

Wünsche dir einen schönen Sonntag.

Als sie nach Hause kommt, bemerkt sie freudig, dass er bereits zurückgeschrieben hat.

13.7.2019, 18:36

Hey Baby,

du machst das massiv besser bezüglich Reinigung und Haushalt als wir! Nach dem Frühstück gehts hier fast jeden Samstag gleich rund. Hedi macht die Wäsche und staubt die ganze Wohnung ab, während ich überall sauge, die Plattenböden nass aufziehe und das WC reinige! Heute musste ich noch Rasenmähen und andere diverse Gartenarbeiten verrichten. Anschließend ging ich mit den Hunden spazieren und sie kaufte das Notwendigste ein. Schon verrückt! Nun zu deinen Fragen; von meiner Frau lebe ich per Vertrag getrennt, bin aber noch verheiratet. Ihr gegenüber habe ich das latente, schlechte Gewissen. Ihr geht es psychisch nicht gut und da fühle ich mich immer noch irgendwie verpflichtet zu helfen (Syndrom). Das spürt Hedi und verträgt das schlecht … etwas schwierig.
Derzeit verstehe ich mich aber mit ihr prima und die Verbundenheit wird größer. Die Liebe wächst! Wir können es sehr gut zusammen.
Das Knötchen beim Shiro ist unverändert, dem gehts blendend.
Der Tipp mit dem Jazz auf dem Platz in Muttenz ist spitze! Wir gehen heute Abend hin. Ist ja krass. Du gibst mir Ausgehtipps aus Korfu!
Nun wünsche ich dir auch ein prächtiges Weekend, lass es wieder krachen Baby!

Zarter Kuss,

Stranger

Das Flugzeug landet mit etwas Verspätung um 21:30. Sobald sie das markante Gesicht und die roten, kurzen Haare ihrer Cousine erspäht, winkt sie ihr aufgeregt zu. In beigen Leinenhosen, weißem T-Shirt und modischer Jeans Jacke kommt sie lachend durch die Passkontrolle und umarmt sie herzlich.

„Toll siehst du aus." Marianne hält sie auf Armlänge und schaut sie kritisch an. „Du hast abgenommen und strahlst. Was ist los?"

„Sei nicht kindisch!"

„Irgendwie erinnerst du mich an die Zeit als Teenager, wo du nichts mehr essen konntest, weil du in einen Jungen verschossen warst. Ist da was im Busch?"

Sie lacht hell auf und hilft ihrer Cousine das Gepäck im Auto zu verstauen. „Du siehst Gespenster. Komm jetzt."

Am Sternenhimmel leuchtet zwischen einzelnen Wolken das helle Band der Milchstraße. Die Luft ist nach dem heftigen Gewitter am Morgen so rein. Die Cousinen sitzen draußen auf der Terrasse und unterhalten sich angeregt. Leckere Häppchen sind auf einem Teller hübsch angerichtet, in einem Sektkühler liegt griffbereit der Prosecco. Plötzlich wechselt Marianne das Thema und will alles über die Fortschritte mit ihrem Schwarm wissen.

„Was für ein Schwarm? Hat Doris dir etwas geflüstert?" Entgeistert starrt sie ihre Cousine an.

„Nein. Nicht sie. Du! Im April nach einem Essen mit einigen Schulkameraden hast du mir von ihm erzählt. Also ist doch was!" Lauernd beobachtet Marianne ihr Mienenspiel.

„Raus mit der Sprache. Gestehe endlich … Ich will alles wissen."

Sie greift nach der Flasche Prosecco, löst mit einem Knall den Verschluss und füllt die Gläser. Nachdem sie angestoßen haben, trinkt sie schnell 2, 3 große Schluck. Zuerst zögernd, dann immer zügiger brechen ihre aufgestauten Gefühle aus ihr heraus.

Marianne ist eine gute Zuhörerin und unterbricht sie kein einziges Mal. Etwas außer Atem steht sie nach den letzten Worten auf und schaut sichtlich nervös auf ihre Cousine.

„Mannomann, bei euch geht ja ganz schön was ab. Also habe ich das jetzt richtig verstanden. Nach einem Kuss hat er in dir Gefühle geweckt, die du längst begraben glaubtest. Es gibt 2 Frauen in seinem Leben. Von der einen ist er getrennt, kommt aber nicht von ihr los. Die andere liebt er und lebt mit ihr zusammen. Und dann kommst du und bombardierst ihn zum Teil mit heißen Mails und zeigst ihm offen, wie es um dich steht."

„Wenn du mir die Situation so trocken, rational und nüchtern ins Gesicht wirfst, hört sich das beschissen an. Ich weiß auch nicht, wie ich da reingeschlittert bin? Warum dieser Kerl den ganzen Tag in meinem Kopf herumspukt? Ich will ja gar keine Beziehung, will keine Komplikationen. Die beiden Frauen sind mir so was von egal", endet sie beinahe trotzig.

„Kann ich einige der Mails lesen?"

Wortlos nickt sie mit dem Kopf. Entschlossen dreht sie sich um und rennt hinauf in ihr Zimmer, um den PC zu holen.

Währen Marianne einige ihrer Mails liest, lehnt sie sich im Sessel zurück und schließt die Augen. Es ist eine herrliche Nacht. Sie hat jegliches Zeitgefühl verloren. Es gibt nur sie beide, dieses überwältigende Sternenmeer und natürlich die pikanten Mails. Sie ist gespannt, wie ihre Cousine darauf reagiert.

„Wow, bei euch ist ja mächtig was los. Hast du ihm etwa auch die erotische Geschichte geschickt?"

Verschämt nickt sie mit dem Kopf. Sie greift nach der Proseccoflasche und füllt nach.

„Kein Wunder, dass bei dem ein Kabel durchbrennt. Sein Leben mit den beiden Frauen ist anstrengend und kompliziert genug. Dann fängt er eine Brieffreundschaft mit dir an, die schon bald in eine heiße, erotische Romanze ausartet. Du hast ihn in deine aufregende Fantasiewelt entführt. Verständlich, dass auch er jeden Tag ungeduldig auf Mails wartet.

Aber er zeigt dir auch ganz klar seine Grenzen. Da ist die Verantwortung für seine Frau, was ihn ehrt. Dann die Liebe zu seiner Partnerin, die, wie er selbst schreibt, sich täglich vertieft. So ganz nebenbei bekommt er eine Stimulation, eine virtuelle, heiße Mail-Affäre ohne Verpflichtungen. Besser kann es für ihn gar nicht kommen. Das geilt sein Sexleben auf. Du treibst ihn geradezu in ihre Arme."

„Was soll ich denn jetzt machen?" Sie seufzt tief und schaut Marianne hilfesuchend an. „Durch ihn fühle ich mich wieder lebendig."

„Er schreibt, dass ihr die Kadenz eurer Mails kürzen sollt. Also fang damit an. Mach dich etwas rar, lass dich begehren."

„Und wenn er sich dann gar nicht mehr meldet?"

„So, wie er dir jedes Mal zurückschreibt, glaub ich das eher nicht. Ich denke schon, dass auch du ihm etwas bedeutest. Am besten wäre es, wenn ihr euch auf neutraler Ebene treffen würdet, euch aussprecht oder endlich mal aktiv werdet. Denn nur so könnt ihr feststellen, ob da doch mehr dahintersteckt."

„Wie denn? Der Vorschlag sollte von ihm ausgehen. Komm, lass uns endlich schlafen. Ich kann nicht mehr klar denken."

„OK, aber wehe, du schreibst ihm jetzt. Lass es einfach mal sein."

Sie gähnt herzhaft und steht auf. „Versprochen."

Anstelle eines Willkommensfrühstücks stellt sie mit einem verlegenen Lächeln eine kleine Schale Kirschen auf den Tisch. Sie hat gestern vergessen einzukaufen. Im Kühlschrank findet sie nicht einmal Milch für den Kaffee. Wie peinlich!

Lässig winkt Marianne ihre Entschuldigung ab und trinkt sogar einen Schluck der schwarzen Brühe. Das Einzige, was sie im Moment interessiert, ist der knisternde Mailaustausch. Nie hätte sie ihr ein solches Abenteuer zugetraut. Sie platzt fast vor Neugier und bittet sie, den PC zu holen. Beim Durchlesen der Mails lacht Marianne immer wieder amüsiert auf und schüttelt den Kopf.

„Mensch, da hast du dich in etwas hineingeritten. Zu dumm, dass deine erotischen Fantasien dir nichts bringen. Lach dir jemanden an, mit dem du sie ausleben kannst. Vergiss ihn. Er hat nie die kleinste Andeutung gemacht, dass er auch etwas von dir will. Außer vielleicht diese erregenden Mails ohne Verpflichtungen."

„Ich weiß selbst, wie idiotisch das ist, mich so auf ihn zu fixieren. Aber ich kann diese wilde Leidenschaft, die er in mir auslöst, einfach nicht abstellen."

Es ist warm. Die Sonne scheint. Am Himmel ziehen ein paar weiße Wolken vorbei. Marianne will endlich ans Meer. Den ganzen Morgen haben sie sich über ihn die Köpfe heißgeredet, jetzt reicht's! Im Restaurant Verde Blue am Strand von Barbati ergattern sie einen Tisch in der ersten Reihe mit Blick auf das Meer. Es ist heute viel los. Während sie auf das Essen warten, beobachten die beiden voller Interesse das rege Strandleben.

„Kaliorexi!" Guten Appetit! Hungrig stürzen sie sich auf köstlichen griechischen Salat, gegrillte Calamares und Pommes. Zuvorkommend schenkt ihnen der Kellner eisgekühlten Rosé aus der Provence ein. Außer Prosecco ihr beider absolutes Lieblingssommergetränk.

„Hast du seine Blicke bemerkt? Der reißt sich ein Bein aus, um dich zufriedenzustellen", schmunzelt Marianne.

„Wie kommst du denn da drauf? Ich esse öfters hier, also kann er sich schon bemühen."

Plötzlich fegt der „Maestros" ein starker Nordwestwind über das Meer. Die Wellen tragen weiße Schaumkronen. Mit dem Schwimmen wird es im Moment nichts. Eine gute Entschuldigung, sich ein Schokoladentörtchen mit flüssigem Kern und Vanilleeiscreme zum Dessert zu genehmigen. Es wird heftig diskutiert, insbesondere über angestaute Gefühle, Vernarrtheit und unvernünftiges Verhalten. Und natürlich über das absolute Schreibverbot!

Nach dem Essen relaxen sie auf den Strandliegen. Neidisch betrachtet sie die Figur ihrer 2 Jahre jüngeren Cousine. In ihrem Bikini sieht sie umwerfend aus. Flacher Bauch, lange Beine und ein beneidenswerter knackiger Hintern. Die Jahrelange Gymnastik hat sich ausbezahlt.

Schließlich beruhigt sich der Wind, die Wogen legen sich. Die Wassernixen nutzen die Gelegenheit und schwimmen die Küste entlang.

Als sie ein trockenes Badekleid aus der Tasche fischt, wird sie mit SMS-Nachrichten bombardiert. Die ganze Truppe trifft sich zum Abendessen bei Greco, einer Fisch-Taverne und hofft, dass auch sie beide kommen würden. Sie schielt auf die Mails, bleibt aber standhaft!

Heute Morgen ist der Himmel bewölkt. Durch den Nordwestwind gestern sind die Temperaturen leicht gesunken, geradezu ideal für einen ausgiebigen Streifzug durch die Stadt. Sie steigen zur alten Burg hinauf, von wo man einen grandiosen Blick auf die Umgebung, das Meer und das Festland mit der hohen Bergkette im Hintergrund hat. Sie streifen unternehmungslustig durch die venezianisch geprägte Altstadt. Später sitzen sie bei einer Erfrischung in der Platia unter den imposanten Platanen. Amüsiert beobachten sie eine bunte Schar Touristen, die wie eine Schafherde hinter ihrem Führer herläuft, der genervt mit seinem Fähnchen wedelt. Ein älteres Paar flaniert Hand in Hand, glücklich lächelnd durch die Straßen.

Sie durchstöbern Boutiquen, probieren Kleider und Hosen. Erproben Accessoires wie modische Halsketten, Sonnenbrillen und ganz besonders Hüte jeglicher Art. Nachdem sie in einem Schuhgeschäft fast alle ausgefallenen Sandalen probiert haben, werden beide fündig. So ein vergnügter Mädels-Shoppingtag hilft über jeden Liebeskummer hinweg.

Auf dem Nachhauseweg halten sie bei Vanessa und Dino, denen eine Villa direkt am Meer gehört. Sie sitzen auf der Terrasse, trinken Prosecco, hören Musik aus den 80ern, beobachten Segelboote, welche langsam in die Marina hinein- und hinausfahren. Ein Freund nach dem andern trifft zu dieser improvisierten Party ein. Die Mädels helfen in der Küche und schnipseln Salate, die Jungs schmeißen Steaks und Würstchen auf den Grill. In ausgelassener Stimmung verbringt die lustige Gesellschaft einen fröhlichen Abend.

Leider ziehen auch heute wieder dunkle Regenwolken von Westen heran. Sie sitzt im Bett und lauscht dem regelmäßigen, leichten Regen. Es kribbelt in ihren Fingern, ihm einen Morgengruß zu senden. Sie soll sich zurückhalten, ihn zappeln lassen. Aber nachschauen darf sie ja. Sie strahlt. Er hat ihr gestern geschrieben!

Hey Baby,

hatte eine magische Begegnung am Samstag beim Jazz-Konzert in Muttenz. Ich war beim Kirchplatz auf dem Weg zum Büffet, um ein Bier zu holen. Da sehe ich für 2 Sekunden eine Frau, die dir unglaublich gleicht. War das deine Schwester?

Liebe Grüße an Marianne und dir einen Kuss

Das Rauschen vom Wind und Regen versetzt sie in melancholische Stimmung. Sie kann nicht widerstehen und fängt an zu schreiben.

16.7.2019, 7:42

Good morning Stranger,

Regentropfen prasseln auf die Blätter der großen Fächerpalme vor meiner weit geöffneten Schlafzimmertür. Der heftige Sturm am Samstag hat die hohen Temperaturen der letzten Tage etwas abgekühlt. Nur bei unseren Gesprächen geht es heiß zu. Ich habe Marianne mein Herz ausgeschüttet. Wie ich mir nach deinem Kuss eine virtuelle Welt aufgebaut habe, um meine Fantasien ausleben zu können. Von unserem aufregenden Briefverkehr habe ich ihr einige Kostproben vorgelesen, auch die Kurzgeschichte. Daraufhin hat mir meine liebe Cousine so richtig den Kopf gewaschen. Wir sind beide Jungfrauen (Sternzeichen!). In den frühen Morgenstunden wurde sie meine Psychologin. Egal wo wir uns aufhielten, du mein Lieber, warst unser Hauptthema. Sie hat mir deine Situation deutlich klar gemacht; besonders wie du dich fühlen musst.

Du liebst Hedi. Bestimmt haben dir meine Bekenntnisse Angst eingejagt. Du hast praktisch 2 Frauen und dein Leben ist kompliziert. Dann kommt auf einmal noch eine 3., total Bekloppte dazu. Durch meine Mails habe ich dich in meine virtuelle, erotische Welt hineingerissen. Dich damit bestimmt auch angetörnt. Aber mit einem Schritt bist du wieder draußen, in der echten Welt, mit deiner Freundin. Natürlich hat sich mein Cousinchen nicht nur um mein Seelenheil Sorgen gemacht, sondern mehr noch um meine angestauten, körperlichen Gefühle. Aber ich konnte sie beruhigen. Mein Körper wird so oft ich es will zu einem fein gestimmten Cello und ich spiele darauf wie ein echter Virtuose.

Was ich dir sagen will, ist, du musst dir um mich keine Sorgen machen. Ja, du hast mich wach geküsst. Ich bin bereit für eine neue Beziehung, wenn es sich ergibt. War bereits auf Jagd. Ich habe aber noch keinen erwähnenswerten Kandidaten gefunden. So, das wäre ein für alle Mal vom Tisch und wir können das Thema wechseln.

Du hast den letzten Teil meiner Lebensgeschichte noch gar nicht erhalten. Dies wird mein nächstes Projekt sein. Wir werden heute bei diesem regnerischen Wetter die Stadt unsicher machen und Freunde besuchen.

Dir wünsche ich einen super Tag. Auch einen Gruß von Marianne.

Filakia,

Baby

PS: Beängstigend zu wissen, dass es von mir noch eine Kopie geben soll. Das Original ist mehr als genug, oder? Meine Schwester ist ein wenig größer als ich und dunkelhaarig. Wie war das Konzert eigentlich?

„Hat er sich gemeldet?"

„Dir auch einen schönen guten Morgen, Cousinchen."

Unterdessen hat der Wind die Wolken vertrieben. Die Sonne scheint wieder von einem strahlend blauen Himmel. In bester Laune frühstücken die beiden auf der Terrasse. Natürlich wird über das Thema *Stranger* diskutiert. Nachdem Marianne das Okay gegeben hat, schickt sie ihm ihr heute Früh geschriebenes Mail.

Die Cousinen fahren zur traumhaft schönen Bucht von Agios Georgios im Nordwesten der Insel. Das Meer ist ruhig, ideal für eine Tour auf den Stand-up-Paddelboard. Mit Hut bewaffnet und mit Sonnencreme eingerieben paddeln sie vergnügt zu einer entfernten, einsamen Bucht. Sie haben die Distanz gründlich unterschätzt. Beim Zurückpaddeln gegen die Strömung und den leichten Wind müssen sie alle ihre Kräfte mobilisieren. Immer wieder ermutigen sie sich gegenseitig, um sich nicht einfach auf die Boards zu setzen und treiben zu lassen.

Endlich, nach gefühlten Stunden erreichen sie mit zittrigen Beinen und schmerzenden Armen den Strand. Der Kellner erkennt ihren Hilferuf und bringt sofort auf einem Tablet Wasser und Eis. „Ola endaxi? Alles OK?" Beide zeigen mit dem Daumen nach oben und trinken durstig, in langen Zügen die Flaschen bis zum letzten Tropfen leer. Erschöpft und total ausgepowert fallen sie mit einem wohligen Seufzer auf die Liegen.

Sie hat die Augen geschlossen. Warme Sonnenstrahlen und das sanfte Rollen der Wellen wiegen sie schon bald in einen Halbschlaf. Wie schön, wenn er jetzt hier wäre und seine Hände sie hingebungsvoll mit Sonnencreme einreiben würden.

Der Abendstern leuchtet am Himmel, als die Mädels nach dem Duschen in luftigen, langen Sommerkleidern in den Bambussesseln auf der Terrasse sitzen. Im Kühler auf einem kleinen Tisch eine Flasche Prosecco. Gespannt öffnet sie seine Mail und liest laut.

Hey Baby,

danke für deine intensiven und offenen Zeilen.

Es stimmt, was deine liebe Marianne sagt, ich kam schon in Bedrängnis! Nur da bin ich weitgehend selbst schuld. Quasi ein Gelegenheitsdieb, der die süße Frucht nicht hängen lassen kann! Du hast mich mehr als angetörnt Baby, ich habe nur noch an dich gedacht.
Es war der unglaubliche Reiz der Verliebtheit und es machte uns verrückt, aber auch immer wieder glücklich, nicht? Es hatte noch Nebenwirkungen, die ich später mal ausführlich beschreiben will.
Das Konzert am Samstag in Muttenz war ok. Die Stimmung war super, die Bands leider nur mittelmäßig.
Die Frau war etwas größer als du und hatte graue Strähnen in ihren dunklen Haaren. Ich bekam Herzklopfen, als ich sie sah und getraute mich nicht, ihr nachzurennen, um sie zu fragen, ob sie deine Schwester sei.

Ich muss wieder Offerten schreiben und wünsche dir und Marianne eine aufregende Zeit in der Stadt und bei euren Freunden.

Zarte, verbotene Küsschen aus dem sonnigen Allschwil,

Stranger

„Das ist doch ein echtes Schlitzohr! Sobald du dich zurückziehst, fängt er wieder an, dich zu reizen." Marianne lacht laut auf.
Sie versteht das nicht. Er ist erleichtert über ihre klärende Mail, schickt aber sofort wieder einen heißen Gruß. Er kann das Verführen und mit dem Feuer spielen nicht lassen.

„Schau mal, da ist noch eine kurze Mail. Anscheinend hat er zusammen mit einem Freund in jungen Jahren ein Segelboot gebaut. Da ist sogar ein Foto davon!"

Farniente ist angesagt. Die Damen wollen heute nur eins, Chillen, damit sich ihre malträtierten Muskeln vom gestrigen Board-Abenteuer erholen können.

Am Nachmittag treffen sie die quirlige Janine am Strand von Barbati. Bei Musik, Meeresrauschen und Kindergeschrei verbringen sie gemeinsam fröhliche Stunden. Ein Barkeeper jongliert virtuos mit Flaschen und Shaker, um die drei mit köstlichen Cocktails zu verwöhnen.

Die Dämmerung hat eingesetzt. Der Himmel verfärbt sich und die ersten Sterne sind bereits zu erkennen. Die Badeutensilien werden zusammengepackt, man verabschiedet sich herzlich voneinander. Auf dem Heimweg halten die Cousinen am Strand von Ipsos mit Blick auf den Pantokrator, den höchsten Berg Korfus. In einer Taverne direkt am Meer finden die beiden noch einen freien Tisch. Sie bestellen eine griechische Mezze-Platte mit eingelegtem Oktopus, mariniertem Feta, Kichererbsen und Hummus.

„Ich werde dir jetzt etwas anvertrauen, über das ich noch nie mit jemandem gesprochen habe."

Neugierig und gespannt schaut sie Marianne an.

„Ich war noch sehr jung. Kurz nachdem ich mich von Michael getrennt hatte, verknallte ich mich in einen verheirateten Arbeitskollegen. Ich wusste, dass er sich nie von seiner Frau trennen würde. Am Anfang war es ein aufregendes Spiel und natürlich auch der geile Sex." Sie lächelt und schaut gedankenverloren übers Meer.

„Hey, Hallo …? Hier bin ich!"

„Ich war immer abrufbereit, wenn er für mich Zeit hatte. Dann passierte das, womit ich nicht gerechnet hatte. Ich verliebte mich unsterblich. Je mehr er mich auf Distanz hielt, desto mehr war ich verrückt nach ihm. Deshalb kann ich dich so gut verstehen."

„Was ist passiert? Wie lange dauerte eure Affäre?"

„Einige Jahre."

„Was? … Das ist ja irre!" Mit einem herausfordernden Grinsen starrt sie zu ihrer Cousine, die es anscheinend faustdick hinter den Ohren hat.

„Ich wusste selbst, dass ich meine besten Jahre mit Warten vergeude. Irgendwann kam ich zur Besinnung und drehte den Spieß um. Oft sagte ich im letzten Moment die Verabredung ab. Mit der Zeit brauchte ich ihn nicht mehr, die Verliebtheit wurde immer schwächer. Ich hatte einige kurze, sehr intensive Affären. Habe ihm das auch geschrieben, aber das machte ihn noch mehr an. Er wollte mich zurück und war sogar bereit, sich von seiner Frau scheiden zu lassen. Aber für mich war bereits alles zu Ende. Und das war gut so. Denn mit ihm wäre es bestimmt nie etwas anderes geworden als eine heiße Bettaffäre."

„Wie kannst du das behaupten. Ihr habt es nie ausprobiert, sondern habt euch immer nur im Bett getroffen."

„Vielleicht. Eines Tages lernte ich Gerald kennen, den ich aufrichtig liebte. 1-2mal konnte ich der Versuchung nicht widerstehen. Aber mir war bewusst, dass es das alles nicht Wert ist. Ich hatte einen tollen Mann kennengelernt, den ich nicht verlieren wollte und habe die Sache dann ganz beendet."

„Hast du nie mehr etwas von ihm gehört?"

„Doch." Marianne grinst. „Ab und zu erhalte ich auch heute noch erotische, heiße WhatsApp-Nachrichten. Aber ich antworte ihm selten oder nur mit nichtssagenden Worten."

„Vermisst du ihn? Oder viel mehr die erregende Situation, das Verbotene?"

„Nein, er fehlt mir nicht. Aber ich gebe zu, dass die Erinnerungen mir heute oft noch den extra Kick geben und mich erregen. Es ist und bleibt ein Nervenkitzel."

Sie schaut bewundernd zu ihrer Cousine. In all den Jahren hat sie ihr das unterschlagen. Wenigstens konnte sie ihre Affäre mit ihrem unwiderstehlichen Adonis ausleben.

„Ich will nicht, dass dir dasselbe passiert. Du hast etwas Besseres verdient. Jemand, der dich wirklich liebt. Auch wenn du dich so cool gibst, möchtest du ihn für dich allein haben und nicht mit zwei Frauen teilen. Du bist ein lebensfroher Mensch, der jede Minute als ein kostbares Geschenk sieht. Willst du das etwa vergeuden? Jetzt, wo du für eine neue Beziehung bereit bist, such dir einen Mann, der ist wie du. Positiv, immer noch unternehmungslustig und neugierig auf das Leben. Und nicht jemand, der depressiv ist, eine Last mit sich herumschleppt und dich am Ende mit seinen Dämonen runterzieht."

„Come on Cousinchen, mach dich locker, sei nicht so ernst. Eigentlich solltest du mich unterstützen und gute Tipps geben, wie ich ihn mir doch noch angeln kann."

„Du bist ein hoffnungsloser Fall". Marianne lacht und hebt die Hände ergeben in die Höhe.

„Eigentlich wünsche ich mir nur, dass wir uns bei einem feinen Essen endlich offen unterhalten. Natürlich will ich ihn auch küssen und herausfinden, ob es sich wirklich so schön anfühlt. Dann sieht man weiter."

Marianne tut ihre Cousine leid. Obwohl sie genau weiß, dass sie sich in etwas Hoffnungsloses verbissen hat, gibt sie noch nicht auf.

„Er will doch gar nichts von dir. Lies seine Mails genauer durch."

„Aber er schreibt doch in letzter Zeit immer von zärtlichen Küssen."

„Du kannst nicht etwas verlangen, was er dir nicht geben kann."

Die Unterhaltung mit Marianne geht ihr nicht aus dem Kopf. Natürlich hat sie recht. Ihr ist heiß. Nicht nur, weil das Thermometer bereits 28° anzeigt, sondern weil in ihr Bilder von ihm aufsteigen. Bevor sie sich ihrer Libido nicht mehr erwehren kann, rennt sie unter die kalte Dusche.

Erfrischt und wieder bei Sinnen streckt sie ihrem Spiegelbild die Zunge heraus. Während sie beschwingt in Shorts und ein luftiges T-Shirt schlüpft, schielt sie zum PC. Obgleich von ihm gestern kein Schreiben eingetrudelt ist, hält sie es nicht mehr länger aus …

Good morning Stranger,

ich bin fasziniert! Was können deine Hände denn noch alles? Gibt es noch mehr Talente für mich zu entdecken? Bist nicht umsonst eine Artischocke …
Es muss eine wahnsinnige Befriedigung gewesen sein, als dein Traum, ein eigenes Boot zu bauen, endlich Realität wurde. Bravo! Einfach großartig. Leider bin ich in praktischen Dingen nicht so bewandert. Hast du dein Segelboot noch? Unter welchem Namen fährt es und wo ist sein Liegeplatz?
Spürst du, wie es in meinen Fingern juckt? Aber ich halte mich wie versprochen zurück.

Wünsche dir einen erfolgreichen Tag.

Kisses,

Baby

Nach der langen Trockenpause bekommt er heute 2 Mails. Sie will ihm unbedingt von ihren jüngsten Ereignissen erzählen, bevor sie den Tag beginnt.

18.7.2019, 8:30

Übrigens, the 2 hot chicks verbrachten gestern zusammen mit einer Freundin wieder einmal einige schöne Stunden am Strand. Ich liebe den späten Nachmittag. Das Licht wird weicher, die Luft verändert sich. Die Menschen werden leiser, das Meer wird ruhiger, die Stimmung ist traumhaft. Dieses zauberhafte Ambiente toppten wir noch mit einigen Mojitos. Auf dem Nachhauseweg machten Marianne und ich in einer Taverne direkt am Meer halt.

Wir hatten gerade unsere Bestellung aufgegeben. Gedankenverloren schauten wir über das Meer und zur Stadt, deren Lichter bereits funkelten. Es wurde langsam dunkel. Die Dämmerung legte sich sachte über die Gegend, die ersten Sterne am Himmel leuchteten und dann … Aus dem Nichts stieg wie eine riesige, rote Scheibe der Mond aus dem Meer. Geheimnisvoll … Einer dieser magischen Momente … Einfach nur s c h ö n …

Kisses,

Baby

Ihre Freunde Dino und Vanessa laden die Grazien zu einer Fahrt auf ihrem Motorboot ein. Welch ein Vergnügen zur Abwechslung über das tiefblaue Meer zu flitzen. Sie liebt den Speed, den Wind, der die Haare zerzaust und dumme Gedanken wegpustet.

Nahe der felsigen Küste wirft der Kapitän den Anker. Wellen, die sanft gegen das Boot schwappen. Licht, welches das Wasser in tausend Facetten zum Glänzen bringt. Den einzigartigen Ausblick über das Meer genießen. Es ist traumhaft! Vanessa und sie toben sich beim Wasserski aus und werden dabei von den andern unter viel Gejohle angefeuert.

Als sich der Hunger meldet, fahren sie in die pittoreske Bucht von Agios Stephanos und genießen in einer Taverne herrliche Meeresfrüchte und Fisch. „Stin Yiamas!" Sie lassen die mit eisgekühltem Weißwein gefüllten Gläser erklingen.

Am frühen Abend stechen sie wieder in See. Plötzlich frischt der Maestro auf und wird von Minute zu Minute kräftiger. Das Meer wird immer rauer, die Wogen schnell größer. Mit gedrosseltem Motor schippern sie im Schutze der Küste. Das Boot tanzt auf den Wellen. Vorsichtshalber fordert Dino alle auf, die Schwimmwesten anzuziehen. Die Gischt spritzt ihnen ins Gesicht. Jedes Mal, wenn eine extra große Welle über sie hereinbricht, wird das von Schreien und Gelächter begleitet. Noch bevor sie in der Marina eintreffen, sind alle bis auf die Haut nass.

Als sie aufgeregt von ihrem wilden Abenteuer zu Hause ankommen, verschwindet sie mit einer lahmen Entschuldigung in ihr Zimmer. Marianne prustet los. „Ich weiß, was du vorhast!"

Aber sie antwortet nicht, sondern schließt schnell die Tür. Noch vor dem Duschen öffnet sie den PC und lächelt. Er hat geschrieben.

18.7.2019, 13:20

Ich werde dir heute Abend schreiben.

Übrigens, das war eine Teilmondfinsternis. Ganz typisch die Rotfärbung, wie letztes Jahr der Blutmond. Du hast es immer schön.

Stanger

18.7.2019, 21:18

Good evening hot chick.

Seid ihr 2 hübschen in einer lauschigen Taverne bei feinen Meeresfrüchten und gutem Wein? Ich komme gerade aus dem braunen Mutz-Treff und konnte glücklicherweise meinen portablen Rechner mit dem Hotspot verbinden. Ist viel entspannter als mit dem Handy.
Also kurz zu meinem Boot. Das konnte ich nach der Fertigstellung im Neuenburgersee einwässern. Es hatte gute Eigenschaften und war erstaunlich einfach zu steuern. Beim ersten Turn hatten wir dermaßen viel Nebel, dass

wir erst mitten im Schilf bemerkten, dass etwas mit der Richtung nicht stimmte.

Mir war die ganze Reiserei an den See zu umtriebig, sodass ich den Schlappen verkaufte. Er wurde von mir Joya (Spanisch Freude/Juwel) getauft und liegt vermutlich noch immer im Neuenburgersee in einem Hafen.

Ich verhökerte das Teil viel zu günstig. Über 20 Jahre habe ich daran gearbeitet. Angefangen hat der Traum, ein Schiff zu bauen am Schluchsee! (Klingelt's bei dir? Das Klassentreffen! Haha) Ich durfte an einem Sonntag das Segelboot von Freunden meiner Eltern steuern. Der Eigner, ein Ingenieur, attestierte mir ein gewisses Talent. Das reichte auch schon. So jung, naiv und doof begannen ich und Fredy, unser Klassenkamerad, noch während der Lehre mit dem Job. Wir sparten Geld und kauften uns in der Nähe von Wien eine Bootsschale aus Polyester und machten Fotos von der fertigen Kunststoffjacht. 6.5 x 2.5 Meter.

Nachdem wir die ersten Hölzer (der Basisrand) an die Schale gebaut hatten, verabschiedete sich Fredy nach Lugano, um dort Pedalos zu vermieten! Die restlichen 20 Jahre arbeitete ich allein an dem Kutter.

Nun, es wurde dann doch noch fertig und ich musste selbst über das Ergebnis staunen. War eine schöne Erfahrung und sehr lehrreich.

Shiro muss auf seine Schnüffeltour, ich breche hier ab. Ich wünsche euch 2 einen schönen Abend und schicke dir einen dicken Kuss nach Korfu …

Stranger

PS: Deine Schreiben von heute haben mich sehr gefreut!

Sie hat herrlich geschlafen. Herzhaft gähnt und streckt sie sich. Ein Blick durch die offene Balkontür bestätigt ihr, dass sie wieder ein wunderschöner Sommertag erwartet. Sie macht es sich bequem und sitzt mit überkreuzten Beinen auf dem Bett. Das Versprechen an ihre Cousine, ihn zappeln zu lassen und sich zurückzuhalten, ist verpufft.

19.7.2019, 8:54

Hey Stranger,

den gestrigen Tag verbrachten wir mit meinen Freunden Dino und Vanessa auf ihrem schnittigen Motorboot. Wir fuhren der hügeligen Ostküste entlang, mit dem Mount Pantokrator im Rücken Richtung Süden. Vanessa und ich waren sportlich aktiv und hatten Spaß beim Wasserski. In einer kleinen paradiesischen Bucht mit türkisblauem Wasser warfen wir Anker. Relaxen, Sonnenbaden, Schnorcheln, Schwimmen und Tauchen. „La vita è bella."
In der malerischen Bucht Agios Stephanos, mit den hübschen Tavernen und Touristenlädeli aßen wir Fisch, Calamares, marinierte Sardellen und tranken eisgekühlten Wein. Auf der Rückfahrt am frühen Abend hat uns der „Maestros", der Nordwestwind, überrascht. Jede 2.-3. Welle ist über uns hinweggeschwappt. Erst bei Einbruch der Dämmerung sind wir als nasse Ratten in der Marina eingetroffen. Origineller Name für ein Boot, „Joya". Du hast Ausdauer, mein Lieber, 20 Jahre sind eine lange Zeit. Dass dein Abenteuer auch noch am Schluchsee angefangen hat, schon witzig. (Der Beginn unserer Geschichte!) Hast du mit Fredy noch Kontakt? Er lebt, glaube ich, auf Mallorca, oder?
Hier endlich der letzte Teil meiner Lebensgeschichte:
1975: Zusammen mit seinem Bruder Zacharias verbrachten wir den Winter in einem gemieteten Apartment in Alexandria. Eines Tages stand plötzlich eine junge Dame vor der Tür und stellte sich als Jorgos Frau vor. Sie wollte unbedingt ein Kind von ihm! Ich bin aus allen Wolken gefallen und

packte den Koffer. Wollte nur noch verschwinden. Während Jorgo im Wohnzimmer mit seiner Frau diskutierte, hielt mich Zacharias zurück und wir rauchten zusammen einen fetten Joint. Meinen ersten! Die Folgen, unkontrollierbare Lachkrämpfe.

Um der Verantwortung zu entgehen, schnappte Jorgo sich eine Flasche Jack Daniels. Typisch Mann, den Kopf wie der Vogelstrauß in den Sand stecken, wenn es eng wird. Oder sich volllaufen lassen, nach dem Motto: nach mir die Sintflut!

Ließ mich von seinem Bruder doch noch überreden, wenigsten bis zum nächsten Morgen zu warten, bis Mister wieder einen klaren Kopf hatte. Kleinlaut gestand Jorgo mir dann, er hätte Angst gehabt, dass ich gleich davonlaufen würde, wenn ich die Wahrheit wüsste. Seine libanesische Freundin und er wollten damals zusammen in Athen arbeiten, aber sie bekam keine Aufenthaltsbewilligung. Deshalb heirateten sie kurzerhand. Übrigens gestand er mir auch, dass ihn seine Frau im letzten Sommer verlassen hatte und er mit dieser Sexbombe bei unserem ersten Treffen zusammen war. An dem Abend hat er sie aber an seinen Bruder weitergereicht, meinte er mit einem schelmischen Lächeln. 1976: Im Frühjahr fanden wir beide wieder einen Job auf der Insel Hydra und zwar in einem Goldgeschäft. Und rate mal, wer im Silbergeschäft gleich daneben arbeitete? Genau, seine Frau! Sie benahm sich unmöglich und versuchte mich zur Schnecke zu machen, wann immer sie die Gelegenheit dazu hatte. Nur einmal verlor ich die Nerven und schlug ihr eine Wasserflasche über den Schädel (leer natürlich). Ihr Vater machte dann kurzerhand Schluss mit der Farce und trieb die Scheidung voran. Zu guter Letzt shoppten wir wie Freundinnen in der Plaka. – Ich sag's dir, live is unpredictable!

Nach seiner Rückkehr aus Indien hatte auch Zacharias einen Job im einzigen Pelzgeschäft auf Hydra gefunden.

Nach einer erfolgreichen Pelz-Fashionshow mit seinem Bruder verstarb er an Herzversagen in der Armen einer jungen Frau.

1978–1980: Wir arbeiteten in einem Touristengeschäft in Athen in der Plaka und wohnten in der 3-Zimmerwohnung seiner Mutter.

1980: Im Winter fand Jorgo einen Job in London, wo er die Besitzerin eines Pelzgeschäftes auf Korfu kennenlernte. Während dieser Zeit verdiente ich meine Brötchen in Basel. Eines Tages rief Jorgo mich aus London an, ob ich Lust hätte, den Sommer auf der Insel Korfu zu verbringen und dort zu arbeiten. Ohne zu zögern, antwortete ich: „Ja, ich will!"

1981: Korfu. Im Frühjahr, nachdem unser Boss das Verkaufspotenzial von Jorgo erkannt hatte, schickte er mich zurück in die Schweiz, um in einem Touristenresort ein geeignetes Geschäft zu finden.

Eine Woche lang habe ich erfolglos gesucht. Dann passierte etwas Witziges. Wir beide liebten das Windsurfen. Toller Sport … So lernte Jorgo dann, während ich in den Schweizer Bergen ein geeignetes Lokal suchte, André aus dem Wallis kennen, welcher Chefkoch im Hotel von einem guten Freund war. Als Jorgo ihm eines Tages von meinen Misserfolgen erzählte, fragte er ganz spontan, ob ich denn auch in Crans-Montana gewesen sei. Tja, ich war überall, außer dort gewesen. Ich hatte Glück mit dem Lokal, der Ort gefiel mir auf Anhieb. War nicht so mondän wie St. Moritz oder Gstaad. Im Herbst 81 eröffneten wir zusammen mit unserem griechischen Partner ein Pelzgeschäft. Hier habe ich auch meine Freundin Marlène kennengelernt! Es folgten aufregende Pendeljahre, Winter in Crans-Montana, Sommer auf Korfu. Es hört sich traumhaft an, aber es war kein Zuckerschlecken. Wochenenden oder Feiertage gab es für uns nicht, das brachte der Job so mit sich. Aber wir ergänzten uns nicht nur privat ausgezeichnet, sondern waren ein eingespieltes, unschlagbares Team und liebten die Challenge am Verkauf.

Die Jahre vergingen, wir machten viele interessante Reisen und besuchten oft einige unserer Freunde, die in dieser Zeit amerikanische Diplomaten waren. Guatemala, Belize und El Salvador über die Erlebnisse dort könnte man Bücher schreiben. (Du hast ja diese Länder auch bereist!) Plötzlich ohne Vorwarnung endete 2008 unser gemeinsames, schönes, glückliches, leider kinderloses Leben. Nach knapp 2½ Monaten erlag Jorgo dem Kampf gegen den Krebs. An diesem Schock zerbrach ich fast. Es hat Jahre gedauert, bis ich zurück ins Leben fand. Akzeptieren, loslassen … Den Rest kennst du ja.

So diese Lektüre reicht fürs Wochenende. Obwohl, Zeit zum Lesen wirst du bestimmt nicht haben.

Genieß die freien Tage.

Kisses,

Baby

Beschämt gesteht sie beim Frühstück ihrer Cousine, dass sie ihm soeben geschrieben hat. Marianne rollt die Augen und schüttelt wortlos den Kopf.

Olivenbäume direkt am Wasser, raue Klippen und blaues glitzerndes Wasser … Das beschreibt am besten die kleine Bucht von Glyfa. Die Badenixen haben den Strand heute praktisch für sich allein. Den Aperitif, eine kleine Flasche Ouzo, zwei Gläser und jede Menge Eiswürfel in einem Behälter stellt der Kellner auf ein Tischchen zwischen den Sonnenliegen. Es ist traumhaft. Man hört nur die Zikaden und das leise Plätschern der Wellen. Während sie die felsige Küste entlang schwimmen, brutzelt ein Seebarsch auf dem Grill.

Schnell wechseln sie in trockene Bikinis und wickeln einen bunten Pareo um. Noch den Hut, Sonnenbrille, die Lippen nachziehen und schon rennen sie die wenigen Stufen hinauf zur Taverne. Sie setzen sich an einen Tisch mit wunderschönem Blick über das azurblaue Meer bis hin zur Stadt mit der imposanten, alten Festung. Mit einem vorzüglichen griechischen Rosé stoßen sie auf die aufregende, super Woche an.

Am Abend treffen sie sich mit der ganzen Clique in der Stadt zum Essen, um Mariannes Abschied zu feiern.

Obwohl sie mit dem PC liebäugelt, bleibt sie standhaft. Den heutigen, letzten Tag verbringen die Cousinen am Strand von Barbati. Marianne nimmt ihren Koffer mit, sodass sie anschließend direkt zum Flughafen fahren können. Sie genießen die letzten Stunden. Schwimmen und gleiten gemächlich auf Stand-up-Paddelboards die Küste entlang. Einige Mojitos helfen gegen den Abschiedsschmerz.

Es herrscht eine hektische Atmosphäre, als sie am späten Nachmittag eingeklemmt zwischen Hunderten von Touristen vor der Passkontrolle stehen.

„Vergiss nicht, was ich dir tagelang versucht habe einzutrichtern." Eindringlich schaut Marianne ihr in die Augen. „Hör auf, ihn mit Mails zu bombardieren, halt dich zurück. Diese ganze Geschichte ist nicht gut für dich!"

Sie hat einen Kloß im Hals und nickt nur. Noch einmal umarmen sich die Cousinen fest, bis sie mit langen Schritten das Weite sucht. Am Ausgang dreht sie sich um und winkt Marianne mit einem kleinen Lächeln ein letztes Mal zu.

Sie braucht dringend Nervenfutter. Als sie zu Hause eintrifft, stürzt sie sich auf den PC.

19.7.2019, 13:22

Hey Baby,

vielen Dank für deine Geschichte. Ist unglaublich, was du da alles erlebt hast. Wahnsinn!
Das war gestern wieder sun-fun-nothing to do, Baby!

Mit Don Alfredo habe ich leider keinen Kontakt mehr. Wo logierst du eigentlich in Crans-Montana?

Ich wünsche dir auch ein bombastisches Weekend.

Tender kiss,

Stranger

Wie mager ist das denn. Du hättest dich wirklich mehr ins Zeug legen können. Obwohl seine Mail dürftig ausgefallen ist, freut sie sich. Ihr Versprechen, sich zurückzuhalten, fällt ihr schwer, besonders jetzt, wo sie wieder allein ist. Aber sie hält ihre Finger unter Kontrolle. Zudem ist er sowieso bei seiner Partnerin.

Sie muss herzhaft niesen, als die ersten Sonnenstrahlen durch die offene Balkontür drängen und ihre Nase kitzeln. Während ein großes Passagierschiff von Italien langsam die Küste entlang fährt, steigt die Sonne hinter den albanischen Bergen immer höher. In der Ferne schreit ein Esel. Der Hund des Nachbarn bellt noch etwas verschlafen. Das Bettlaken locker über die Mitte ihres nackten Körpers drapiert, die Hände hinter ihrem Nacken verschränkt, lauscht sie angestrengt. Es kommt kein Laut von unten. Die Villa bleibt still und leer. Nur das laute, penetrante Zirpen der Grillen erfüllt wie immer den Morgen.

Träge schließt sie die Augen und döst noch etwas vor sich hin, bis sie jäh mit einem Satz aus dem Bett springt. Sie hat heute keine Zeit, faul rumzuliegen und sich in Gedanken mit ihm zu beschäftigen. Obwohl es Sonntag ist, hat sich Ermioni bereit erklärt, ihr zu helfen, die Villa vor ihrer Abreise nochmals gründlich zu putzen.

Sie schlüpft in beige Shorts und ein leichtes, weißes T-Shirt. Während sie die Betten abzieht und die Hand- und Badetücher einsammelt, läuft bereits die 1. Ladung in der Waschmaschine. Sie ist gerade am Gießen der Petunien und Geranien in den Töpfen, als sie eine WhatsApp-Message von Vanessa erreicht. Ihre Freunde wollen sie gegen Mittag zu einem Picknick abholen.

Freudenschreie brechen aus, als die Clique den malerischen Sandstrand von Glifada erreicht. Obwohl kaum Wind weht, sind die Wellen heute meterhoch, geradezu ideal zum Bodysurfen. Dieser Küstenabschnitt ist nicht nur bei Touristen, sondern auch bei den Einheimischen sehr beliebt. Etwas abseits der Menschenmassen entdecken sie einen freien Platz mit genügend Liegestühlen und Sonnenschirmen.

Ängstlich und zugleich fasziniert schaut Despina zu, wie Vanessa und sie sich mit einem Jauchzer in die hohen Wellen stürzen und von diesen augenblicklich verschlungen werden. Um Peinlichkeiten zuvorzukommen, haben die beiden vorsichtshalber für diesen Spaß ein schickes Badekleid angezogen. Obwohl sie Wasser schluckt, ihre Haare und auch andere Körperteile voller Sand sind, tobt sie sich unermüdlich in den hohen Wellen aus. Für sie ist das Bodysurfen das absolute Highlight. Währenddessen beobachten die Männer von den Liegen aus zufrieden das emsige Strandleben.

Heftig hebt und senkt sich ihre Brust, als sie sich wie ein gestrandeter Wal in den warmen Sand fallen lässt. Sie schließt ihre Augen und genießt die wärmenden Sonnenstrahlen auf ihrem Körper. Nach der Verschnaufpause springt Vanessa auf und zieht sie an der Hand hoch. „Komm schon, mir knurrt der Magen." Vorsichtig schlängeln sie sich an den vielen bunten Badetüchern, Schirmen und Sandburgen vorbei bis zu ihrem Platz.

Auf einem großen mit Muscheln und Fischen bedruckten blauen Tuch haben die andern unterdessen verschiedene „Fingerfood-Leckereien", köstliche Salate und Obst angerichtet. Ungeduldig werden die 2 Wasserratten erwartet. Despina reicht nicht nur jedem Wasser, sondern zaubert aus den Kühltaschen bunte Plastikgläser, eine Flasche Prosecco und für die Männer kaltes Bier hervor.

Nach der Schmauserei verwandelt sich dieser kleine Strandteil in eine Zombieapokalypse. Ausgestreckt liegt jeder unter einem Sonnenschirm und gibt sich der wohlverdienten Siesta hin. Vom Strandleben, den rauschenden Wellen und dem Geschrei der Möwen oder Kinder bekommt bald keiner mehr etwas mit.

Am späten Nachmittag hat sich das Meer beruhigt, sodass man die wellenartigen Zeichnungen auf dem Sandboden sehen kann, welche die Brandung hinterlassen hat. Langsam lichtet sich der Strand, die ersten Badegäste packen ihre Sachen zusammen.

„Lust auf Aktion?", ruft Dino plötzlich verschmitzt und zeigt mit dem Finger zum Jetski-Verleih. Er strahlt. Das ist definitiv sein Ding. Sie will sich keine Blöße geben und sitzt kurze Zeit später auch im Sattel eines Jetski. Der leichte Wellengang weiter draußen ist für Anfänger ideal. Zu Beginn zögernd, dann immer tollkühner fängt sie an, durch die Wellen zu reiten und steckt schon bald im Adrenalinrausch. Was für ein Fahrgefühl ständig aus dem Sattel gehoben und wieder hineingepresst zu werden.

„Hey, alles gut bei dir?", schreit Vanessa ganz in ihrer Nähe und hält fragend den Daumen hoch.

„Es ist der pure Wahnsinn!", brüllt sie lachend zurück. „Der absolute Hammer, einfach nur geil."

Despina und Spiro, weniger sportlich, beobachten die durchgeknallte Bande lieber vom sicheren Ufer aus und schießen Fotos.

Bevor sie nach Hause fahren, stoppen die Freunde in einer Beach Bar. Bei stimmungsvollem Ambiente, Musik, Cocktails und tollem Ausblick lassen sie entspannt den Tag ausklingen.

Sie ist mächtig stolz. Der PC ist das ganze Wochenende ungeöffnet geblieben.

22.7.2019, 8:00

Hi Stranger,

good morning.

Bestimmt hattest du ein aufregendes und heißes Wochenende.

Samstagabend ist Marianne wieder nach Hause geflogen. An ihrem letzten Tag hatten wir noch viel sea, sun but no sex.

Wir sind an eine kleine Bucht gefahren. Das Meer einladend, kristallklar, das Wasser so weich wie ein Streicheln. Ein Wort – Perfekt! Danach machten wir uns über einen köstlichen, gegrillten Fisch her und spülten ihn mit einem eisgekühlten Rosé Domain Costa Lazaridi (Merlot) runter. Hmmm … Genuss pur!!!

Gestern überraschten mich meine Freunde mit einem Picknick an der Westküste, am Sandstrand von Glifada. Wir verbrachten einen super Nachmittag mit Bodysurfen. Als sich später das Meer beruhigte und die Wellen sich legten, wagte ich meinen ersten Versuch auf einem Jetski. Obwohl ich heute mit etlichen blauen Flecken und Muskelkater gesegnet bin, war es ein absolut bombastisches Erlebnis!

Es bleiben nur noch wenige Tage, um meine Abreise zu organisieren und das Haus zu schließen.

Heute Abend Abschiedsparty bei mir. Dienstagfrüh kommen Arbeiter um das Spülbecken in der Küche, welches am letzten Freitag geliefert wurde, einzubauen. Mittwochmorgen noch mal zum Schwimmen an den Strand von Barbati, begleitet von meiner Lieblings-Sommer-Musik, den Zikaden. Ich wohne nicht weit vom Zentrum von Montana in einem großen 2-Zimmer-Appartement, umgeben von viel Rasen und Aussicht auf die Bergwelt.

Übrigens, die Frau in Muttenz kann nicht meine Schwester gewesen sein, sie hat mir versichert, dass sie keine einzige graue Strähne hat.

Wie geht es deinem Vater, sind seine Kopfschmerzen besser geworden? Und was ist mit seinen blutigen Geschwüren?

Wünsche dir einen super Start in die neue Woche.

Kisses,

Baby

Hi Baby,

du entführst mich immer wieder aus meinem grauen Alltag in deine schöne Glamourwelt.
Obwohl, mein Wochenende war auch sehr schön. Am Samstag hatten wir Besuch von meinen Mitarbeitern, beides Ve-
ganer. Dies war zwar eine kulinarische Herausforderung,
die wir aber exzellent lösten.
Das Menü mit einem speziellen Rote Beetesalat mit file-
tierten Orangen und der Hauptspeise, Pasta mit Steinpil-
zen und Pfifferlingen sowie einem tropischen Fruchtsalat
war köstlich.
Zum Apéro ein feiner Heida und anschließend 3 Flaschen
Epicuro. Die Party ging bis 2 Uhr, was für mich „Lerche"
schon etwas grenzwertig war. Der Sonntag dann ganz im
Zeichen der Entspannung.
Du machst es clever, Baby! Jetzt, wo es richtig heiß wird,
ziehst du auf 1500 Meter über dem Meeresspiegel und
kannst nachts gut schlafen!
Mein Vater wurde am Kopf bereits wieder operiert. Nach
Aussage des Hausarztes muss es sich um einen aggressiven
Tumor handeln. Sie finden ihn aber nicht!

Ich wünsche dir schöne letzte Tage auf Korfu.

Ein dicker Kuss,

Stranger

PS: In den Nachrichten wurde ein Erdbeben in eurer Gegend gemeldet. Habt ihr etwas gespürt?

Sie ist voll im Vorbereitungsstress. Ob ihm auch das Herz schneller schlägt, jetzt, wo er weiß, dass sie bald etliche Kilometer näher bei ihm sein wird? Hat er deswegen gefragt, wo sie wohnt? Kann auch er es kaum erwarten, sie bald zu treffen?

23.7.2019, 8:33

Hey Stranger,

bei der Vorspeise ist mir das Wasser im Mund zusammengelaufen. Muss lecker gewesen sein, bin beeindruckt von eurem Können. Den Epicuro, ich nehme an, es ist Rotwein, werde ich bei etwas kühlerem Wetter probieren. Ist es ein Epicuro primitivo?
Ich muss mich beeilen, in einer Stunde kommen die Arbeiter. Zum Glück hatten meine Freunde alle ein Einsehen und sind bereits um Mitternacht abgezwitschert. Schlussendlich waren wir 12. Sie wollten alle endlich den „Facelift" sehen, welchen meine Villa in den letzten Wochen erhalten hat. Aber ich kann gut delegieren. Alle haben mitgeholfen, sodass es für mich kaum extra Arbeit gab.
Das mit deinem Dad hört sich nicht gut an, tut mir echt leid. Noch mehr Sorgen, die auf deinen Schultern lasten.

Also halt die Ohren steif, wünsche dir einen erfolgreichen Tag.

Kisses,

Baby

Ihre Gedanken drehen sich nur noch um ihn. Hör endlich auf, dich wie ein verliebter Teenager zu benehmen, konzentriere dich besser auf die To-do-Liste!

Hey Baby,

danke für deine Zeilen, wir könnten bereits ein beachtliches Buch von unserem intensiven Briefverkehr binden lassen. Jeder Sommer hat bekanntlich seine Geschichte, unsere finde ich ganz besonders reizvoll und erhaltenswert! Ich hoffe, unsere platonische … Beziehung hält weiter an. Ich mach's heute kurz Baby.

Dir wünsche ich einen sonnigen Nachmittag und eine köstliche letzte Nacht auf deiner Insel …

Zärtliche Küsse,

Stranger

Für was stehen die Punkte nach dem „platonische"? Könnte doch etwas mehr daraus werden, oder will er damit andeuten, dass er alles so belassen will? Intuitiv spürt sie, dass sich an ihrer Situation nichts ändern wird.

Ihr Kampfgeist ist jetzt erst recht geschürt. Sie kauft in einem Dessous-Geschäft sexy Unterwäsche und findet auch ein verführerisches Negligé für einen romantischen Abend. Man muss immer vorbereitet sein! Mit sich und der Welt zufrieden fährt sie zum Strand, wo ihre Freundinnen bereits auf sie warten. Sie ist aufgekratzt und lädt alle auf eine Runde Mojitos ein.

„Was ist eigentlich los mit dir? Schon die ganzen letzten Wochen benimmst du dich so verdächtig. Bist du verliebt?" Despina beobachtet sie argwöhnisch. Auch Vanessa wird jetzt hellhörig.

„Das stimmt. Despina hat recht. Wenn ich so überlege, warst du den ganzen Sommer schon so anders. Strahlender, witziger, einfach immer gut drauf."

„Nein, nein!" Nervös lacht sie auf und verdreht übertrieben die Augen. „Ich freue mich einfach, dass ich euch vor meiner Abreise nochmal sehe."

„Bullshit! Schau dich doch an. Du hast abgenommen, siehst besser aus denn je. Also, was verheimlichst du uns?"

„Ihr spinnt, hört sofort auf mit dem Unsinn. Ihr attackiert eine hilflose, alte Frau mit euren weit hergeholten Fantasien."

„Warum wirst du denn rot?" Despina kichert.

Zum Glück kommt der Kellner mit den Mojitos, bevor sie weiter mit neugierigen Fragen gelöchert wird.

„Mädels auf uns. Auf das Leben und einen Sommer mit noch vielen schönen Überraschungen."

„Stin Yiamas, Kalo Kalokairi", tönt es fröhlich, als die Gläser erklingen.

24.7.2019, 8:18

Hallo Stranger,

damit du nicht ohne Morgendroge deinen Tag beginnen musst, hier die vorläufig letzten Zeilen aus meinem geliebten Korfu.

Ganz in deinem Sinne verbrachte ich eine äußerst „entzückende" letzte Nacht … Habe sehr gut geschlafen, bis mich Sonnenstrahlen wach küssten.

Gestern kochte ich vor Wut. Die Handwerker hatten vergessen, den neuen Wasserhahn mitzuliefern. Deshalb musste der Sanitär den Alten wieder montieren. Sieht scheußlich aus. Muss mich halt bis zum Herbst gedulden, wenn ich wieder in Korfu bin. Ich werde den Trottel köpfen! Nachdem die Idioten mit der Arbeit fertig waren und ich die Küche vom vielen Staub geputzt hatte, fuhr ich nochmals an den Strand, wo meine Freunde bereits auf mich warteten. Leider konnten sie nicht lange bleiben.

Nach dem Schwimmen streckte ich mich auf meiner Liege aus und beobachtete das Strandleben. Das leichte Rollen der Wellen, leise Musik, Eltern, die ihre Kleinen im Auge behielten, während sie ausgelassen im Meer spielten. Verliebte, die sich küssten, andere, die ihre Partner hingebungsvoll mit Sonnencrème einrieben. Ein alter Bekannter grüßte mich aus der 3. Reihe. Ich schloss meine Augen und fühlte die Wassertropfen auf meinem heißen Körper, wie sie langsam verdunsteten.

Später saß ich an der Bar, bestellte einen letzten Mojito und blickte verträumt über das Meer. Einer der Kellner, Eddy, fing mit mir eine Unterhaltung an. Gregory, der die Gäste am Strand bedient, kam dazu. Die beiden übertrumpften sich, mich zu beeindrucken. Witzig, aber auch charmant …

Die Balkontür weit geöffnet, um den Hauch eines Lüftchens hineinzulassen, sitze ich auf dem Bett und lese deine Mail nochmals durch. Unsere Sommergeschichte ist speziell, sie wird am Leben bleiben, solange wir sie nähren! Heute Abend werde ich einige Kilometer näher bei dir sein …

Wünsch dir einen schönen Tag.

Zärtlicher Kuss,

Baby

PS: Das Erdbeben haben wir hier nicht gespürt.

Mehr denn je hat sie Schmetterlinge im Bauch. Die Probleme erscheinen auf Liliputgröße geschrumpft zu sein. Sie fühlt sich leicht und beschwingt. Angefeuert von den zärtlichen Küssen, die er geschickt hat, ist ihre Mail doch offener geworden, als sie es eigentlich wollte.

Der Koffer ist gepackt, die Villa aufgeräumt und für ihre Abreise parat. Schnell schlüpft sie in einen hellblauen Bikini und bindet ein Pareo mit maritimem Muster um. Sie hat reichlich Zeit, vor ihrer Abreise nochmals an den Strand zu fahren. Fröhlich schnappt sie sich ihre Badetasche und steigt ins Auto. Schon nach den ersten Metern fühlt sie, dass etwas nicht stimmt. Hastig steigt sie aus und geht aufs Äußerste angespannt, langsam um Merky herum. *Shit, shit, shit! Ausgerechnet jetzt!* Der vordere rechte Reifen ist platt. Stink sauer steuert sie ihr Auto zurück in die Garage, trennt die Verbindung von der Batterie und schließt das Tor. Der Tag fängt ja gut an. Sie hat sich so auf ein letztes Schwimmen im Meer gefreut. Diesen Wunsch kann sie sich nun abschminken.

Langsam kommt sie runter. *Ich werde mir die letzten Stunden nicht vermiesen.* Sie legt eine alte CD mit heißen, kolumbianischen Rhythmen auf und tänzelt in die Küche. Augenblicklich kommt ihre gute Laune zurück. Sie macht sich mit Zitrone, Gurke und frischer Minze eine Karaffe eisgekühltes, aromatisiertes Wasser, welche sie auf ein kleines Tischchen auf dem Balkon stellt. Sie packt den PC wieder aus und setzt sich in einen Sessel. Als sie entdeckt, dass er bereits zurückgeschrieben hat, strahlt ihr Gesicht vor Freude. Der Tag ist gerettet!

24.7.2017, 10:25

Hi Baby,

wieder galaktisch sexy und romantisch, deine Zeilen!
Ich würde am liebsten in deiner Weise antworten! So dir die salzigen Wassertropfen zärtlich weg küssen …
Nun, ich werde mich beherrschen, nein Baby, ich muss mich zusammennehmen! Hatte gestern mal wieder Zoff! Hedi, die nicht eben von Selbstbewusstsein strotzt, hielt mir vor, ich sei in Gedanken nicht bei ihr, sondern wie schon so oft seit dem KLASSENTREFFEN wo anders!

Nun Baby, ich kann diese ständigen Attacken nicht gebrauchen. Die Sache mit Vera macht mich schon verrückt. Ich schlage dir deshalb schweren Herzens vor, mal mit dem Schreiben auszusetzen. Ich denke, wir werden uns bei einem nächsten Klassen-Kleintreffen sicher wieder sehen. Da bin ich jetzt schon nervös.

Liebes, ich wünsche dir einen guten Flug und eine schöne Ankunft in Crans-Montana. Genieß die Bergwelt und denke ab und zu ein wenig an mich.

War eine schöne Zeit.

Stranger

Wie eingefroren starrt sie mit leerem Blick auf seine Mail. Sie kann nicht glauben, was sie liest. Irritiert schüttelt sie den Kopf.

Das kann nicht wahr sein! Vor allem nicht nach seinem letzten Mail. Was für eine faule Ausrede! Der hat Schiss, mich zu treffen!

Sie hält sich mit beiden Händen den dröhnenden Kopf und liest die Mail nochmals durch. Das Timing könnte nicht perfekter sein. Gerade jetzt, kurz bevor sie ins Flugzeug steigt!

Die Attacken von Hedi werden dem gnädigen Herrn zu viel. Du Arsch! Dann tu doch etwas dagegen! Warum schreibst du mir 2 Monate lang jeden Tag? Wenn dir in deiner Beziehung nichts fehlen würde, hätten wir diesen intensiven Briefverkehr nie geführt. Was hält dich denn bei ihr?

Was für ein absolut beschissener Tag! Seit Wochen ist sie auf diesen Kerl fixiert, hat sich gefreut, ihn bald zu sehen. Und er lässt sie im Regen stehen.

Im Flugzeug hat sie sich endlich etwas beruhigt. Seufzend lehnt sie sich im Sitz zurück und schließt deprimiert die Augen. Sie ist so was von blöd, saublöd sogar! Er hat ihr nie etwas versprochen! Hat ihr nicht verschwiegen, dass er in einer Beziehung lebt. Sie hat seine Andeutungen für bare Münze genommen, anstatt für das, was sie immer waren, ein leichter Sommerflirt. Es war eine wunderschöne virtuelle E-Mail-Beziehung während 2 heißer Sommermonate, mehr nicht. Vergiss ihn, schieß ihn aus dem Kopf. Schließe das Kapitel „Stranger" ein für alle Mal ab.

Der PC liegt offen auf ihren Knien. Sie muss die Emotionen frei lassen, bevor sie Frust und Enttäuschung laut hinausschreit. Wild schreibt sie drauflos.

24.7.2019, 16:54

Hi,

was glaubst du eigentlich, wer du bist? Dass diese Situation nur dir an die Nieren geht? Was soll das Ganze? Einmal schreibst du so … Dann so! Die Attacken von deiner Lebensgefährtin sind dir zu viel, die Situation mit deiner Frau macht dich verrückt und meine Mails reißen dich aus dem grauen Alltag … Und was tust du? Du wirst zum egoistischen Arsch und erstickst im Selbstmitleid, anstatt endlich klare Verhältnisse zu schaffen.
Hast du den Mut und willst wissen, ob etwas Wunderschönes zwischen uns ist? Lass uns herausfinden, ob wir harmonieren, oder ob alles nur Wunschdenken ist. Treffen wir uns irgendwo an einem neutralen Ort.
Sollte es ein Irrtum gewesen sein, dann geht jeder wieder zurück in sein Leben, ohne Bedauern, aber mit dem Wissen, dass wir eine wunderbare Gelegenheit, die uns das Leben noch schenken wollte, nicht versäumt haben.

Regle zuerst deine Probleme. Löse dich von allem Ballast und mach den Kopf frei für etwas Neues. Ich habe große Lust, dich besser kennenzulernen, aber nicht unter diesen Konditionen.

Sie hat diese Mail nie abgeschickt.

***

Nach 3 emotionsreichen Wochen verbringt sie Ferien im schönen Engadin und kraxelt mit einer Freundin mitten in den Bergen herum. Sie hatte viel Zeit, um über ihn und sich nachzudenken. Aber er ist wie ein Geschwür. Sie bekommt ihn nicht aus dem Kopf. Ununterbrochen grübelt sie über den Verlauf der Ereignisse nach. Liest alle Mails immer wieder durch. Das Ganze zermürbt sie. Sie ist frustriert und unzufrieden mit sich selbst.

Wie konnte ihr so etwas in ihrem Alter passieren? Wenn sich Emotionen doch steuern ließen, man sie ausschalten könnte. Hat sie ihre Gefühle nur schöngeredet? Aber diese brennende Sehnsucht, die er in ihr entfacht hat, die sie nicht kontrollieren kann, ist real.

Nach einem steilen Anstieg machen sie Halt, um sich etwas auszuruhen. Während ihre Freundin die Aussicht ins Tal genießt, nimmt sie ihr Handy hervor. Sie hält die Ungewissheit nicht mehr aus. Sie will wissen, wie es ihm geht, ob sich die Beziehung mit seiner Lebensgefährtin wieder eingerenkt hat. Obwohl sie tief im Innern spürt, dass das keine gute Idee ist, schreibt sie ihm trotzdem kurz einige knappe Worte.

08.08.2019, 11:07

Hi, geht es dir jetzt besser? Bist du nun glücklicher? Es tut mir leid, aber ich konnte diese Stille nicht mehr aushalten.

Nach einem herausfordernden, perfekten Wandertag erreichen sie müde das Hotel. Das herrliche Panorama auf die Berge von ihrem Balkon aus nimmt sie nicht wahr. Während ihre Freundin sich den Staub unter der Dusche abwäscht, sitzt sie aufs Äußerste angespannt auf dem Bett und starrt auf ihr Handy. Sie sieht sofort, dass er geschrieben hat. Ihr Herz klopft zum Zerspringen. Sie holt tief Luft, bevor sie seine Mail öffnet.

8.8.2019, 14:21

Mein Liebes,

danke, dass du nicht mehr geschrieben hast! Wir müssen unsere platonische Beziehung abbrechen!
Hedi hat an meinem Gerät herumgefummelt und sämtliche Briefe entdeckt! Das schlimmste Szenario! Ich weiß nicht, ob die Beziehung mit ihr deswegen in die Brüche geht! Sie fühlt sich mit Recht betrogen. Mir geht es genauso schlecht! Hätte ich nie machen sollen!

War schön, aber wie du sicher begreifst, ist es jetzt zu Ende.

Lieber Gruß,

Stranger

Das war's also … Nur eine weitere, prickelnde Sommergeschichte.

Wie eine Seifenblase sind ihre Träume zerplatzt, was bleibt ist die Erinnerung an einen kurzen, aufregenden Sommer.

Ende

Die Autorin

Francesca Liacopoulos, geboren 1952 in
Sulzburg, Breisgau (D), ist Schweizer Bürgerin
und aufgewachsen in Muttenz BL. Sie arbeitete
in Genf als Speditionskauffrau. 1977 verschlug es
sie auf die griechische Insel Hydra, wo sie ihren
Mann kennenlernte. Seit 2008 ist sie Witwe,
2009 pilgerte sie zusammen mit ihrer Schwester
auf dem Jakobsweg. Sie schrieb ihre ersten 3
Kurzgeschichten 2012 in einer Anthologie. Weitere
folgten in den Jahren 2013, 2014, 2016, 2017 und
2018. Ihr erstes Buch „Jakob – Tagebuch einer
abenteuerlichen und emotionalen Pilgerreise durch
Spanien" erschien 2014. Ein weiteres Werk wurde
im Jahr 2017 vom Paramon-Verlag herausgegeben,
nämlich „Magie des Lebens".

novum VERLAG FÜR NEUAUTOREN

Der Verlag

> *Wer aufhört*
> *besser zu werden,*
> *hat aufgehört*
> *gut zu sein!*

Basierend auf diesem Motto ist es dem novum Verlag ein Anliegen, neue Manuskripte aufzuspüren, zu veröffentlichen und deren Autoren langfristig zu fördern. Mittlerweile gilt der 1997 gegründete und mehrfach prämierte Verlag als Spezialist für Neuautoren in Deutschland, Österreich und der Schweiz.

Für jedes neue Manuskript wird innerhalb weniger Wochen eine kostenfreie, unverbindliche Lektorats-Prüfung erstellt.

Weitere Informationen zum Verlag und seinen Büchern finden Sie im Internet unter:

www.novumverlag.com

Francesca Liacopoulos-Fawer

Jakob

ISBN 978-3-99038-376-6
246 Seiten

2008 bricht Francesca Liacopoulos-Fawers Welt zusammen, als
ihr Ehemann an Krebs verstirbt. Fast schafft sie es nicht mehr,
aus dem tiefen Loch herauszukommen. Da versucht Francescas
Schwester sie aus der Depression zu reißen – und überredet sie,
mit ihr auf den Jakobsweg zu gehen.

Francesca Liacopoulos-Fawer

James

ISBN 978-3-99038-500-5
220 Seiten

In the year 2008, Francesa Liacopoulos-Fawer's world collapses, as her husband dies because of cancer. She is almost unable, to get out from the deep hole. Then, Francesca's sister tries to pull her out of the depression – and persuades her to walk the Way of St. James with her.

Bewerten
Sie dieses Buch
auf unserer
Homepage!

w w w . n o v u m v e r l a g . c o m